LES

HAMEAUX

PAR

A. E. Bonvalot.

Heureux l'homme des champs! Au sein de la Nature,
Il respire son Dieu, foule aux pieds l'imposture,
Travaille, et, dans le cours de ses nobles travaux,
Cueille, avec la santé, des fruits toujours nouveaux.
L. S. D. J.

PARIS

D. GIRAUD, LIBRAIRE-ÉDITEUR
7, RUE VIVIENNE, AU PREMIER, 7.

—

1854

LES HAMEAUX

PARIS. — TYPOGRAPHIE DONDEY-DUPRÉ,

rue Saint-Louis, 46, au Marais.

LES
HAMEAUX

PAR

A. F. Bonvalot.

Heureux l'homme des champs! Au sein de la Nature,
Il respire son Dieu, foule aux pieds l'imposture,
Travaille, et, dans le cours de ses nobles travaux,
Cueille, avec la santé, des fruits toujours nouveaux.

L. S. D. J.

PARIS

D. GIRAUD, LIBRAIRE-ÉDITEUR

7, RUE VIVIENNE, AU PREMIER, 7.

—

1854

DE LA POÉSIE PASTORALE.

Le genre pastoral est tombé depuis longtemps dans un grand discrédit. Déjà du temps de Boileau il était passé de mode, et le satirique s'en moque assez plaisamment :

Viendrai-je en une églogue, entouré de troupeaux,
Au milieu de Paris enfler mes chalumeaux,
Et dans mon cabinet, assis au pied des hêtres,
Faire dire aux échos des sottises champêtres [1] ?

Voltaire après Boileau acheva d'immoler la muse pastorale.

Vois-tu dans ces vallons ces esclaves champêtres,
Qui creusent ces rochers, qui vont fendre ces hêtres, .

(1) Satire IX (la meilleure).

Qui détournent ces eaux, qui, la bêche à la main,
Fertilisent la terre en déchirant son sein ?
Ils ne sont point formés sur le brillant modèle
De ces pasteurs galants qu'a chantés Fontenelle.
Ce n'est point Timarette, et le tendre Tircis,
De roses couronnés, sous des myrtes assis,
Entrelaçant leurs noms sur l'écorce des chênes,
Vantant avec esprit leurs plaisirs et leurs peines :
C'est Pierrot, c'est Colin, dont le bras vigoureux
Soulève un char tremblant dans un fossé bourbeux ;
Perrette au point du jour est aux champs la première.
Je les vois haletants, et couverts de poussière,
Braver dans ces travaux, chaque jour répétés,
Et le froid des hivers, et le feu des étés.
Ils chantent cependant ; leur voix fausse et rustique
Gaîment de Pellegrin détonne un vieux cantique [1].

D'après de pareilles peintures ou plutôt de si plaisantes satires, il paraîtra sans doute d'une témérité impardonnable d'oser rappeler sur la scène la muse pastorale, flétrie à la fois et par le législateur du Parnasse et par ce roi de l'esprit ou par cet esprit éminemment supérieur, que l'on peut regarder comme l'oracle du goût, car c'est un titre que l'on ne peut refuser à Voltaire. Mais l'époque où vécurent ces deux grands écrivains est bien loin de nous, et depuis eux, d'autres temps, d'autres mœurs. Le monde s'est en quelque sorte régénéré. On en est venu, pour bien des choses, au point d'où l'on était parti, et les plaisirs du cœur, mieux sentis aujourd'hui, nous trouvent plus disposés à goûter les douces émotions que durent éprouver les enfants des hommes à l'aurore, aux premiers jours de l'univers. Et

[1] Épître sur l'Agriculture et Discours sur l'Égalité des Conditions.

par notre disposition morale à remonter à la source de
toutes les affections et à chercher le bonheur de l'in-
dividu, nos cœurs doivent être plus sensibles que jamais
aux premiers chants qui échappèrent à l'homme. Car
s'il est vrai, comme on n'en peut guère douter, que l'a-
griculture ait pris naissance dans le berceau de la société, c'est aussi au berceau de la société qu'il faut remonter pour trouver l'origine de la poésie pastorale. Les
hommes heureux chantent leurs plaisirs, et les premiers
plaisirs qui ont dû leur inspirer des chants, ont été les
scènes brillantes et pures que leur offraient la fécondité
de leurs vergers, de leurs troupeaux, de leurs moissons,
et le spectacle délicieux, les images riantes de la Nature.
Des cœurs inondés de joie, ivres d'amour, brûlaient de
répandre au dehors les transports dont ils étaient pénétrés. A ces riantes images, viennent se mêler chez
nous le souvenir de grands bienfaits, de grandes vertus,
d'effroyables calamités; et cette idée dominante qui me
poursuit partout, parce que partout j'en ai été frappé
dans mes excursions champêtres, c'est que c'est de des-
sous le chaume que sont sortis les vainqueurs du monde,
les précepteurs du genre humain, ces braves qui, après
avoir porté leurs armes et la liberté dans les quatre parties
du globe, rentrés aujourd'hui dans leurs paisibles foyers,
y communiquent ces sentiments qui ont tant de fois fait
couler mes larmes, et qui, malgré tous les obstacles, ont
inspiré mes chants[1].

Les bergers qu'ont fait parler les poëtes français ont
jusqu'ici paru excessivement fades : ceux que j'introduis
sur la scène ne pécheront-ils pas par un défaut contraire?
ne paraîtront-ils pas, les uns trop austères, les autres
trop piquants? Je ne me retrancherai pas, pour me justifier, derrière le chantre de la vallée d'Élore, dont le
chalumeau, tantôt s'élevant à la hauteur de l'épopée, cé-

[1] 1816 — 20.

lèbre les travaux d'Hercule et les combats de Castor et
de Pollux, sujets absolument étrangers à la muse pastorale, et d'autres fois descend au comique, au burlesque
et aux bouffonneries de la halle. — Profanation ! parler
ainsi de l'Homère de l'Églogue !... Mon Dieu ! oui, j'en suis
au désespoir ; mais la vérité avant tout, et je la dis...
Je ne chante pas pour chanter. Je veux que mes chants,
s'il se peut, soient utiles, et j'ai cru que la Muse, qui est
restée le plus près de la Nature, devait avoir un but toujours moral, et que si la morale tend à inspirer à l'homme
le sentiment de sa dignité, elle met le plus grand soin
à éviter les excès, où ne se trouve jamais la vertu.

Mais je me justifierais mal : en composant ces idylles
je n'ai fait que soulager un cœur trop plein et qu'obéir
au besoin, au tourment de relever une classe immense
que l'on juge mal, parce qu'on ne la connaît pas assez.

Les tableaux que je retrace, je les ai vus ; cent fois
j'en ai été le témoin ; et, n'en déplaise aux Pierrots et
aux Toinons ridicules, burlesques de Boileau et de Voltaire, les scènes que j'ai esquissées sont la vérité même,
et je puis à cet égard dire aussi : elles ne me sont point
étrangères.

LES HAMEAUX

INVOCATION.

Res est sacra miser.

O toi qui jadis, née aux champs de la Sicile,
As si bien inspiré Théocrite et Virgile,
Viens, Muse, viens enfler mes agrestes pipeaux.
Je veux chanter aussi les bosquets, les troupeaux,
La chaumière et les bois, Pomone et les prairies,
Et les plaisirs si purs des tendres bergeries.
Je naquis au milieu des enfants de Palès.
Sous leurs yeux élevé, caressé par Cérès,
Bientôt je maniai ses pacifiques armes.
Je suivis et ses lois et ses jeux pleins de charmes.
Rien n'est doux à mes yeux comme l'aspect des champs.
Ah! s'il offre aux humains des spectacles touchants,

Il me rappelle à moi ces jours, ces temps prospères,
Où, m'essayant dans l'art qu'ont exercé mes pères,
Mon bras, bien faible encore, armé de l'aiguillon,
Hâtait le bœuf tardif qui traçait le sillon;
Où, la faucille en main, à la moisson nouvelle,
Joyeux en gerbes d'or j'entassais la javelle;
Au milieu des guérets, je traînais le râteau;
Où, plus tard, soins charmants! sur les flancs du coteau,
Après les vendangeurs, de la grappe vermeille,
Échappée à leurs yeux, je chargeais ma corbeille;
Et, courbé sous le faix, apportais mes trésors.
Mon père souriait à mes jeunes efforts.
Qu'êtes-vous devenus? O jours dignes d'envie!
Puisque, loin de ces lieux, traînant ma triste vie,
Je n'ai plus les hameaux, les bois et les vergers,
Qu'en mes vers je revive au milieu des bergers;
Que je rappelle encor leurs jeux, leurs espérances,
Et leurs plaisirs naïfs et surtout leurs souffrances,
Car il n'est pas de maux, pas de calamités,
Qui, sombres instruments des destins irrités,
Sur ces frêles tribus contre qui tout conspire,
N'aient dans ces derniers temps exercé leur empire.
Mais aussi, Dieu le sait, il n'est pas de vertus,
Dont ces humbles mortels par le sort combattus,
Dans l'ombre n'aient caché les exemples sublimes.
Dans mes chants je dirai leurs pensers magnanimes.
Peut-être il fut un temps, mais ces temps sont changés,
Où, bien-aimés des dieux, les tranquilles bergers,
Indolents, savouraient, dans une paix profonde,
Les biens échus à l'homme aux premiers jours du monde.
Des soins plus sérieux à ces rêves charmants
Ont ravi nos bergers plus citoyens qu'amants;

Et, rattachant leur sort au sort de la patrie,
Ont laissé le bonheur aux rives d'Arcadie.
Démagogues, tyrans égarant leur valeur,
Tout a pesé sur eux : et j'aime leur malheur.
Le malheur m'est sacré : c'est lui qui, sans relâche,
A mon cœur oppressé fit une sainte tâche
De peindre des bergers les rigoureux destins,
Leurs pénibles labeurs; leurs voyages lointains,
D'où jaillissent aux yeux en images fécondes
Les usages, les lois, les cultes des deux mondes.
J'essaierai de montrer à combien de dangers
Nous entraînent l'erreur et les vieux préjugés;
De rendre hommage au ciel qui souvent sous le chaume,
Pour les jours de péril, cacha plus d'un grand homme,
Nous y dérobe encor des Hoche, des Caton,
La lyre et les splendeurs d'Homère et de Platon;
De pudiques hymens, des amitiés fidèles,
Et des saintes vertus les plus touchants modèles;
De dire avec quel feu naguère au champ d'honneur,
Au cri de la patrie, éclata leur valeur;
Et d'exposer aux yeux de la naissante race
Leurs exploits que du chef trahit l'aveugle audace,
Et comment ces guerriers, en des revers nouveaux,
Consacrent, dans les champs, aux rustiques travaux
Des bras qui défendaient naguère nos murailles,
Et quittent pour le soc le glaive des batailles.

1816.

L'Hiver.

Qui pourrait disputer des goûts et des couleurs?
Héraclite nouveau, sombre amant des douleurs,
Avec délice Young se baigne dans les larmes.
La Folie et les Ris pour d'autres ont des charmes.
L'un aime les combats, l'autre les doux loisirs.
Chaque saison diverse offre divers plaisirs.
L'un sourit au Printemps, qui, couronné de roses,
Nous verse à pleines mains les fleurs fraîches écloses.
L'autre adore l'Été, monarque radieux
Assis avec éclat sur le trône des cieux.
L'autre, épris de Bacchus, aime la riche Automne
A grands cris célébrant le nectar de la tonne.

Magnifiques saisons! tant de charmes divers,
Hélas! me touchent peu. Moi, j'aime les Hivers.
J'aime cette saison où la nature éteinte
D'un deuil universel porte la sombre teinte.
Vous en êtes surpris: Quoi! dites-vous d'abord :
Ce givre, ces frimas, ce silence de mort,
La neige à gros flocons, d'un voile monotone
Attristant la nature .. Ah! votre goût m'étonne!...
— Et n'a rien d'étonnant. Oui, ce riant tapis
A mes yeux est plus beau que l'or de vos épis.
Il rappelle à mon cœur des heures fortunées :
L'aurore de ma vie, et ces jeunes années
Que le ciel m'accorda de couler dans les champs.
O mémoire du cœur! ô souvenirs touchants!
O mes frères! mes sœurs! Et vous, Dieux que j'adore,
J'étais auprès de vous! Ah! que n'y suis-je encore!
Oh! oui, je m'en souviens : souvenirs qui toujours
Consoleront ma vie, embelliront mes jours !
L'hiver était le temps d'une volupté pure.
Mon âme, épanouie et toute à la nature,
S'enivrait du parfum de ses premiers penchants.
Dans les autres saisons, épars au sein des champs,
Les miens, au loin, livrés à leurs tâches champêtres,
Me laissaient seul, ou bien m'envoyaient chez des maîtres.
Mais quand, brillant réseau, la neige à blancs flocons,
Descendant sur les prés, les forêts et les monts,
Et du plus pur albâtre au loin jonchant la terre,
Ménage au laboureur un repos salutaire :
Chassés de leurs travaux, renfermés sous leurs toits,
Près de moi tous les miens se trouvent à la fois.
Non, il ne fut jamais de fêtes aussi belles!
Je crois tous les tenir rassemblés sous mes ailes.

1.

O paternels foyers! ô jours délicieux!
Je pleure, pauvre enfant, mon âme est dans les cieux!
Eh! quel spectacle aussi! ma nombreuse famille
Se livre à mille ébats : tout s'agite, fourmille.
Les frimas vainement condamnent au repos.
Chacun sait s'occuper. L'un soigne les troupeaux.
Et des traits de janvier, pour eux si redoutables,
Cherche à les garantir dans leurs chaudes étables.
L'autre prête ses soins aux trésors des celliers.
L'autre veille au caveau, l'autre dans les greniers.
De l'abeille on dirait l'active république.
A sa tâche chacun avec ardeur s'applique.
Et, comble du bonheur! mon père radieux
Couronne ce tableau que bénissent les dieux.
De tous les mouvements ce noble père est l'âme!
Son regard nous dirige et sa voix nous enflamme.
Allons, enfants, dit-il : profitons des hivers.
De Cérès réparez les instruments divers.
Aux jours où le soleil ranime tous les êtres,
Heureux qui trouve prêts ses arsenaux champêtres.
Renouvelez les dents des herses, des râteaux ;
Aiguisez le croissant et retrempez les faulx.
La bêche au large fer, dans son manche affermie,
Pourra-t-elle briser la glèbe, à l'air durcie?
Pour vider les sillons, pour creuser les fossés,
Le pic et le hoyau, dans les leurs bien fixés,
N'en jailliront-ils point? Que l'orme, que le frêne,
Arrondis en moyeux pour traverser la plaine,
De nos fourches aussi, rivalisent les dards,
Se courbent en rayons, s'allongent en brancards.
Rien ne manquera-t-il aux divers attelages?
Prudence est un trésor, surtout dans nos villages.

Sera-t-il temps, au jour de creuser le sillon,
De disposer le soc, le coutre, l'aiguillon?
Hâtez-vous : retenez avec un soin extrême
Les faucilles, les vans, le char de Triptolème.
Tout crie au laboureur : «Ne perds jamais d'instants,
Mais agis à propos : chaque chose en son temps. »

Et son œil à ces mots d'un feu vif étincelle,
Et l'essaim qui l'écoute, ivre d'un nouveau zèle,
Vole, monte, descend, à l'œuvre met la main.
On s'aide, on s'encourage : Allons, rien à demain !
Il sourit. Vous diriez, au feu qui les enflamme,
Les cent membres divers d'un corps dont il est l'âme.
Et pour bien leur prouver qu'il n'en impose pas,
Que les âpres glaçons n'arrêtent point ses pas,
Qu'il est, comme il l'a dit, un temps pour chaque chose,
Il médite, et soudain, à sortir se dispose;
Charge son bras nerveux du croissant acéré ;
Marche vers un désert d'épais halliers fourré,
Lieu fétide, fangeux, redoutable repaire,
Où bondit le crapaud, où siffle la vipère ;
Attaque, frappe, abat les ronces, les buissons :
Voisinage longtemps fatal à ses moissons.
Vainement sous les coups le parasite arbuste
Se plaint ; le ciel sourit : mon père est sage et juste.
Trop heureux seulement si tous les potentats
De mainte lèpre ainsi nettoyaient leurs États.
Puis, quittant le croissant et saisissant la hache,
Il renverse l'ormeau dont le vaste panache
Sous ses ombres glaçait les brillantes tribus
Dont septembre en riant recueille les tributs.

Un autre jour, armé de son bruyant tonnerre,
Aux monstres des forêts il va portant la guerre.
C'est le signal. Jaloux de venger mille maux,
De leurs tubes munis, les enfants des hameaux
Marchent à ses côtés. Quelle ardeur ! quelle audace !
Et tandis que mon père extermine la race
Des cruels sangliers et des loups dévorants,
Et des bercails au loin repousse les tyrans,
Ma mère, sous le chaume, à nos âmes naissantes,
Donne, sans le savoir, des leçons bien touchantes :
Au Solitaire ailé, fidèle à nos climats,
Qui, du sein des forêts, chassé par les frimas,
L'hiver se réfugie autour de la chaumière,
Bonne, compatissante, admirable fermière,
Dans l'aire ou sur la porte, elle jette du grain
Qu'il vient en voltigeant becqueter dans sa main.
Toi, tendre mère aussi, comme une autre nature,
Aux petits des oiseaux tu donnes leur pâture !

Tels sont les soins, les jeux, les passe-temps divers,
Dont s'occupe la ferme au milieu des hivers.
Le jour est-il éteint ? le hêtre qui pétille,
Le soir, autour de l'âtre, assemble la famille ;
Et là, la république, à de nouveaux plaisirs,
De la longue soirée, amuse les loisirs.
Le chanvre sous le bras de la jeune bergère
Dépouille entre ses doigts son écorce légère.
L'une tricote un bas, l'autre file son lin ;
Et ma mère leur dit : Songez à l'orphelin.
Mon père, qu'a touché ce trait d'un cœur sensible,
En façonnant l'osier entre ses mains flexible,

A ses enfants, en cercle à ses genoux assis,
Adresse, en souriant, d'ingénieux récits.
Loin de nous effrayer de fantômes funèbres,
De revenants, d'esprits, errants dans les ténèbres,
Contes qui des enfants ébranlent la raison,
Et de l'erreur, déjà, distillent le poison,
Il nous offre les fleurs d'une morale pure
En des tableaux touchants puisés dans la nature.
Travaillez, nous dit-il : imitez la fourmi,
Chers enfants. Tout l'été, du repos ennemi,
Cet insecte, aux guérets, incessamment amasse,
Et jouit, maintenant, des trésors qu'il entasse.
Cependant que la mouche, insecte lâche, impur,
L'hiver, souffre la faim ou périt contre un mur.
Là-dessus, retenez l'avis de la Sagesse :
L'enfance, c'est l'été; l'hiver, c'est la vieillesse.

Un exemple plus beau, bien plus frappant encor
Que le travail, enfants, pour l'homme est un trésor :
Ce sont, mes bons amis, les célestes abeilles;
L'or liquide amassé dans nos riches corbeilles;
Mets friand, délicat pour vos jeunes palais,
Et l'ordre tout divin de leurs brillants palais.
Rien n'en peut égaler la simple architecture.
Écoutez bien encor : le Dieu de la nature
Protége les bons cœurs. La haine et le mépris
Des pervers, en tous lieux, furent toujours le prix.
« Grand Dieu, disait un jour la race des couleuvres :
Tu dis qu'il faut traiter chacun selon ses œuvres.
Et l'homme que devrait éclairer la raison,
Nous proscrit. Cependant, il sait que le poison

N'infecte point nos dards... Pourquoi donc cette guerre ?
— C'est que vous ressemblez, dit-il, à la vipère.
Vous ne recélez point de coupables penchants ;
Mais il ne faut en rien ressembler aux méchants ! »

A la Fable bientôt a succédé l'Histoire ;
L'Histoire et les lauriers cueillis par la Victoire.
Il nous dit le grand-oncle, aux champs américains,
Sous George combattant pour les Républicains,
Et, malgré l'affreux Pitt et les hordes sauvages,
Fondant la liberté sur ces lointains rivages,
Il nous peint, à sa voix, nos jeunes bataillons
S'élançant tout armés du sein de nos sillons,
Nous raconte en pleurant les transports de ses frères
Allant chercher la mort sous nos libres bannières ;
La France, avec orgueil, voyant voler ses fils
Des bords de la Vistule aux plaines de Memphis ;
Et comme enfin lui-même, aux jours de la tempête,
Affrontant les bourreaux qui demandaient sa tête,
Humble pâtre, dix fois, il arrêta le sang
Dont alors de la France on épuisait le flanc.
Puis, écartant ces jours de lugubre mémoire,
Il nous fait des tableaux de ces temps pleins de gloire,
Où notre beau pays, du monde respecté,
Au monde qu'il soumet, porte la liberté,
De l'univers entier rêvant l'indépendance...
Et déjà dès longtemps sa naïve éloquence
A fini d'esquisser ce rapide âge d'or,
Qu'attendris et muets, nous écoutons encor.

C'est ainsi qu'au hameau, dans mes jeunes années,
De l'hiver s'écoulaient les heures fortunées.

Et pourquoi de l'hiver?... Dans toutes les saisons,
Les plaisirs offraient-ils de moins riches moissons?
Dès que Zéphir, chassant la piquante froidure,
A la terre rendait sa robe de verdure,
Quelle scène ! Mon père, au matin, dans les champs,
Aux accords des oiseaux mêlant ses nobles chants,
Avec eux saluait le réveil de l'aurore,
Adorait le grand Dieu que l'univers adore,
Et, pénétrant nos cœurs d'un feu religieux,
Entonnait l'hymne saint : « Gloire à Dieu dans les cieux,
» Et sur la terre, paix aux mortels purs, sincères,
» Qui, dans tous les mortels, trouvent autant de frères ! »

Mais insensé! que fais-je ? Où laissé-je égarer
Les élans de ce cœur que viennent déchirer
Les tableaux si touchants, la trop vive peinture
Des biens que je goûtais au sein de la Nature?
Je suis mort au bonheur, mort à tous les plaisirs,
Et ce n'est désormais que dans les souvenirs
Que j'en retrouve encore une ombre fugitive.
Au sein de ces remparts où mon âme est captive,
J'attends l'hiver, et quand, tombant à gros flocons,
La neige couvre au loin les forêts et les monts,
Je quitte ma retraite, et, la nuit, solitaire,
A ce voile brillant dont se pare la terre,
Je redemande, hélas ! vœux et cris superflus,
Les biens de mon enfance à tout jamais perdus !

Janvier 1825.

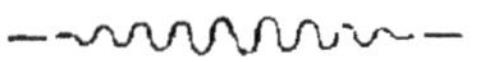

La France en 1814.

Deux fois le Ciel a vu des sombres conquérants,
Déchaînés sur la terre en lugubres torrents,
Le nom seul du génie, auguste privilége !
Suspendre tout à coup la fougue sacrilége :
Dans les remparts de Thèbe, Alexandre en fureur,
D'une éternelle nuit a répandu l'horreur :
Seule reste debout la maison de Pindare.
Et naguères, chez nous, lorsqu'un soldat barbare,
Foulant, non sans effroi, nos étendards trahis,
A flots pressés couvrait nos sillons envahis,
Entourant de respect une terre sacrée,
Où modeste sommeille une cendre adorée,

Au soldat qui les suit, sous peine du trépas,
Les chefs ont défendu d'y hasarder un pas :
Comme si, juste aveu, leurs phalanges profanes
Devaient souiller le sol que consacrent ces mânes :
Les mânes d'un mortel longtemps persécuté,
Ami de la nature et de la liberté,
Dont la voix dissipa des erreurs parricides,
Et délivra l'enfant des langes homicides.
Mais j'entends du malheur l'accent lent et plaintif,
Écoutons... C'est la voix d'un berger fugitif...

SYLVAIN.

Étendu mollement à l'ombre de ces hêtres,
Tu jouis de l'aspect de tes États champêtres,
Cher Arcade; la paix règne dans vos sillons.
Nous, hélas ! poursuivis par d'affreux bataillons,
Loin du toit paternel, errants, l'âme flétrie,
Nous cherchons les déserts et fuyons la patrie.
La guerre, désolant nos champs et nos hameaux,
A répandu sur nous des déluges de maux.
Ici tout est tranquille, et la flûte légère
Redit aux bois émus le nom de ta bergère.
Quel Génie ou quel Dieu de cette aimable paix,
Au sein de vos hameaux, conserva les bienfaits ?

ARCADE.

Cher Sylvain, un Génie, un astre tutélaire
Loin de nous a des rois détourné la colère,
Un astre bienfaiteur, à qui tous les mortels,
S'ils pouvaient le connaître, offriraient des autels.

SYLVAIN.

Et quel est donc son nom? Quel climat de la terre
Éclaire-t-il? dis-moi...

ARCADE.

Ce tombeau solitaire :
Vois sous ces peupliers qui forment un berceau,
C'est là que dort en paix la cendre de Rousseau (¹).
Ah! c'est un Dieu pour nous : oui, toujours son image
Pour nous sera l'objet du plus pieux hommage !

SYLVAIN.

Par quels bienfaits si grands a-t-il donc mérité
Ces honneurs qu'on ne doit qu'à la Divinité?

ARCADE.

Par les soins consolants et les douces lumières
Qu'à grands flots il versa sur nos humbles chaumières.
Il souffrait de nos maux, il défendit nos droits,
Porta nos faibles cris à l'oreille des rois.
Amant de la Nature, apôtre de l'enfance,
Et dans un cœur de feu puisant son éloquence,
Il foudroya l'erreur, chanta la vérité,
Aux aveugles humains prêcha l'humanité.
Et, depuis qu'il n'est plus, son ombre auguste et sainte
A d'un respect profond entouré cette enceinte.

(¹) On sait que les souverains étrangers, par respect pour la mémoire
de Rousseau, défendirent à leurs soldats de mettre le pied sur le
territoire d'Ermenonville, comme si leur présence eût profané la terre
où reposait la cendre d'un grand homme. Tout devait être extraordinaire
dans la destinée de l'Ami de la Nature.

Lui seul est notre abri. Vous fuyez vos hameaùx :
O berger, apprends-moi la source de vos maux.
La terre ailleurs ruisselle et de sang et de larmes,
Et nous avons à peine ouï le bruit des armes.

SYLVAIN.

O fortunés mortels!... Nos pères malheureux,
Depuis mille ans courbés sous un joug rigoureux,
Esclaves en naissant, vivaient, mouraient esclaves.
Une voix leur cria : Secouez vos entraves !
Et soudain à ce cri, du sein de nos sillons,
S'élancent tout armés de jeunes bataillons.
Ils guidaient la charrue, et, héros intrépides,
Ils étendent partout leurs triomphes rapides.
Contents d'avoir chassé les rois de leurs foyers,
Ils allaient, ombrageant le soc de leurs lauriers,
Nouveaux Cincinnatus, sous les chaumes rustiques,
Montrer encor les mœurs et les vertus antiques :
Lorsqu'hélas ! un soldat, fils de la Liberté,
Levant, contre sa mère, un bras ensanglanté,
Nous ravit en un jour le prix de la victoire,
Et, pour cacher nos fers, nous inonda de gloire.
La France sur ses pas a vu voler ses fils,
Des champs glacés du Nord aux plaines de Memphis.
Mais que vois-je ? O revers ! ces rapides conquêtes
Amoncellent sur nous d'effroyables tempêtes !
Les rois sont ses vassaux; et tous les potentats
Sur leur trône ébranlé, tremblant pour leurs États,
Ourdissent contre nous une ligue implacable,
Et des rois conjurés la haine nous accable.
Il fuit, le malheureux ! et nous voilà bannis.
Des sottises des rois, les peuples sont punis.

Nous quittons la patrie et nos douces campagnes,
Dans la terre d'exil nous traînons nos compagnes,
Les veuves dans le deuil, nos vieillards languissants,
Et la vierge timide et ces tendres enfants,
Qui, chaque jour, hélas ! les yeux mouillés de larmes,
Redemandent des lieux pour eux si pleins de charmes.
Proscrits, persécutés, dans quels climats lointains
Ensevelirons-nous nos noms et nos destins ?
Pour fuir un joug honteux et d'ignobles entraves,
L'un va cacher ses jours aux marais des Bataves.
D'autres courent au loin et cherchent des climats
Brûlés par le soleil ou chargés de frimas ;
L'un traverse les monts où l'Obi prend sa source ;
L'autre gagne les champs où, terminant sa course,
Le Gange vient mêler son onde aux flots amers ;
Et d'autres, par delà les abîmes des mers,
Sur un sol habité par des monstres sauvages,
De la patrie absente, élevant les images,
Une dernière fois, aux champs américains,
Entonneront encor les chants républicains.
De l'aurore au couchant, du midi jusqu'à l'Ourse,
Les voilà tous errants, dispersés dans leur course.
Proscrit comme eux, je fuis, ô regrets éternels !
Et la douce patrie et les champs paternels...
Quand reverrai-je, hélas ! mon royaume champêtre ?
Je le quitte, grands dieux, et pour toujours peut-être,
Cher Arcade !... — A ces mots il termine un discours
Dont ses soupirs vingt fois ont suspendu le cours.
Et le berger distrait dans sa douleur muette,
En frappant au hasard du bout de sa houlette,
Fait tomber les pavots et la cime des fleurs,
Tandis que de ses yeux ruissellent de longs pleurs.

Arcade en est ému : mais sa voix douce et sage
Dans le cœur du proscrit relève le courage.
— Sylvain, console-toi. Chassés par les frimas,
Les chantres des forêts, désertant nos climats,
Quittent aussi ces lieux pour une autre patrie
Et rencontrent partout le bonheur et la vie.
Et l'homme, mieux encor que ces faibles oiseaux,
Trouve partout des fruits, de l'ombrage et des eaux.
Mais entrons sous mon toit : viens, accepte un asile,
Près de moi cette nuit goûte un sommeil tranquille.
J'ai des fruits succulents, un miel pur, un lait frais :
Doux trésors qu'en tous lieux on trouve à peu de frais.

Le Soldat laboureur et les Bergers du Jura.

Lorsque le laboureur, en montagnes superbes,
Au milieu de ses champs a rassemblé les gerbes,
Avant de se livrer à des labeurs nouveaux,
Il se repose un jour de ses rudes travaux;
Ce jour est au village une brillante fête.
De couronnes de fleurs chacun couvre sa tête.
La danse, les banquets, d'aimables souvenirs,
De ces cœurs innocents sont les plus doux plaisirs.
Les entends-tu, Mirtil, sous l'ombre bocagère?
Le soldat laboureur et la jeune bergère,
Applaudis tour à tour, célèbrent dans leurs chants
Et les exploits de Mars et les travaux des champs.

LA BERGÈRE.

Lorsque des doux zéphirs la bienfaisante haleine,
D'un tapis d'émeraude a revêtu la plaine,
La famille des champs revole à ses travaux.
Le berger radieux rend aux bois ses troupeaux.
L'un purge ses guérets de la plante adultère
Qui dérobe à l'épi les doux sucs de la terre ;
L'autre, cueillant les fruits de la belle saison,
Dépouille la brebis de sa blanche toison ;
Sur les riants coteaux aux pampres de sa vigne
Donne un appui solide, ou l'émonde et l'aligne ;
Tantôt croise avec art, pour de brillants repas,
De cent fruits savoureux les parfums délicats,
Et tantôt, proscrivant de stériles herbages,
Introduit dans ses prés de riches pâturages.
Égayant leurs travaux de joyeuses chansons,
Tous ils sèment l'espoir des plus belles moissons.

LE SOLDAT.

Au retour du printemps, la trompette guerrière,
Des jeux sanglants de Mars nous ouvrit la carrière.
Pour la première fois, dans les champs de Valmi,
Je maniai la lance et vis fuir l'ennemi.
L'avoûrai-je? la peur, un moment, dans mon âme
Descend ; mais le salpêtre, et les cris, et la flamme
Exaltent tout mon être, et me voilà soldat.
Quel instant, mes amis, que le premier combat !
Le signal est donné : tout part, le drapeau vole :
Et des champs de Fleurus, et des plaines d'Arcole,
Vers la gloire, à grands pas, se frayant un chemin,
Repousse loin de nous le Russe et le Germain.

LA BERGÈRE.

Quand le père du jour, dans sa course enflammée,
Inonde de ses flots la plaine parfumée ;
Le feu qu'il nous dispense est pour nous un trésor.
Dans nos riches sillons il fait germer de l'or.
A ce brillant aspect, le père à sa famille :
« Voyez ! la plaine blonde appelle la faucille.
Allons, enfants, marchons, dit-il, l'air radieux,
Recueillons les trésors que nous versent les cieux. »
Il marche à notre tête. Enivré d'allégresse,
L'essaim vole, et chacun à l'ouvrage s'empresse.
Les épis sur le chaume, en javelle étalés,
En vain sont aussitôt en gerbes rassemblés.
Point de trêve : à côté des dernières javelles
Le fer des moissonneurs en étend de nouvelles.
De son maître le champ n'a pas trahi l'espoir.
Et la riche moisson l'attache jusqu'au soir.
Alors s'ouvre à nos yeux une plus vive scène :
Trois énormes chariots ont traversé la plaine,
Et sur leurs longs brancards, soigneusement placés,
Les épis jusqu'au ciel s'élèvent entassés.
Le cortége repart : la marche triomphale
De la plaine au hameau mesure l'intervalle.
Heureux moments ! Partout s'élèvent de grands cris.
Entendez-vous au loin et les chants et les ris ?
Est-il pour le fermier de fête plus touchante ?
Une si pure joie et l'émeut et l'enchante.
La fraîcheur d'un beau soir, les suaves parfums,
Et l'éclat du couchant, et nos transports communs,
Tout annonce un mortel que le Très-Haut protége.
Les enfants au village accueillent le cortége ;

La grange le reçoit, et l'épi nourricier,
Du laboureur joyeux fait gémir le grenier.

LE SOLDAT.

Messidor souriait, quand, loin de nos rivages,
Sur les profondes mers, à de bouillants courages,
Ouvrant un libre champ, le VENGEUR indompté
S'élança de l'abîme à l'immortalité !
Dans un cercle effrayant de nombreux adversaires,
Foudroyantes cités, volcans incendiaires
Qui, tonnant à la fois, dans ses flancs, sur ses bords
De leurs bronzes en feu, vomissaient mille morts,
Le VENGEUR, comme un roc affrontant la tempête,
Aux assauts redoublés offre sa noble tête,
Tonne, éclate, combat, frappe de toutes parts.
Il aurait triomphé sur leurs débris épars ;
Mais, fureur ! désespoir ! il n'a plus de tonnerre,
Tout est vide, est éteint, tout trahit sa colère.
Rendez-vous ! lui dit-on. — La mort avant les fers ! —
Et le VENGEUR, vivant, descend au fond des mers.
Tout périt : j'échappai. Revomi par Neptune,
Et vainqueur d'Albion, des flots, de la Fortune,
Je revole aux drapeaux, et, dans d'autres combats,
A ma patrie encor je consacre mon bras.

LA BERGÈRE.

Déjà dans nos vergers la bienfaisante Automne
Lève un front couronné des trésors de Pomone :
Pour la dernière fois, le fermier, sur son champ,
Promène de la faulx le rapide tranchant.
La poire succulente et la pomme vermeille,
Descendant des rameaux, tombent dans la corbeille,

Et de leurs doux parfums embaument les celliers.
La châtaigne et la noix s'entassent aux greniers.
Alors sourit le temps de la douce vendange,
Chacun, d'un jus divin célébrant la louange,
Dispose le pressoir, retrempe les cuveaux,
A grands coups de maillet resserre les cerceaux ;
Et la foule, de joie et d'espoir enivrée,
Livre partout la guerre à la grappe empourprée.
Le vin coule : il éveille et les ris et les chants,
Oui, c'est un âge d'or : quels transports plus touchants !

LE SOLDAT.

Au temps où du nectar que prodigue l'Automne,
Le vigneron joyeux remplit à flots la tonne,
Escaladant ces monts l'un sur l'autre entassés
Et couronnés de lacs et d'océans glacés,
Le soldat, pour s'ouvrir un chemin vers la gloire,
Attaquait le Simplon ; et, fier de la victoire,
Redescendait ces rocs hérissés de frimas,
Des champs du Latium admirait les climats,
Au milieu des tombeaux errait au bord du Tibre,
Invoquait à grands cris l'ombre d'un peuple libre,
Et de joie, à ces cris, au fond des monuments,
Entendait tressaillir les sacrés ossements,
Et des voix murmurer : « Guerriers, vengez nos mânes !
Purgez un sol sacré de ces hordes profanes. »

LA BERGÈRE.

Quand, des antres du Nord, la bise en nos climats
Épanche à blancs flocons la neige et les frimas,
Gaîment assise autour du chêne qui pétille,
Amante du travail, la nombreuse famille

Veille, et consacre encore à mille soins divers,
Les heures du repos qu'allongent les hivers.
Dans la ruche on dirait les actives abeilles :
La bêche, les râteaux, les fléaux, les corbeilles,
Façonnés et polis, se tournent dans leurs mains,
Destinés à cet art qui nourrit les humains.
L'homme aiguise le soc : des tâches plus légères,
Au milieu de leurs chants, captivent les bergères.

LE SOLDAT.

Quand, des antres du Nord, Brumaire, en vos climats,
Soufflait à gros flocons la neige et les frimas,
Nous errions à travers des océans de sables
Qu'embrasent du Cancer les feux inhabitables.
Des bords d'Alexandrie aux plaines de Memphis,
La France avec orgueil voyait voler ses fils :
Quand, tout à coup, au sein de plages inconnues,
Apparurent, cachant leurs cimes dans les nues,
Les sépulcres des rois : à ce sublime aspect
Le soldat étonné s'arrêta de respect;
Et, trois fois, oppressé, les yeux de pleurs humides,
Il s'écria : « Salut, altières Pyramides!
Salut, vastes tombeaux du fol orgueil des rois!
Qu'aux siècles à venir votre imposante voix
Dise les potentats redevenus poussière;
Et rappelle aux mortels l'égalité première!»
De l'antique Péla nous parcourions les champs...
Mais insensé! que dis-je? Où s'égarent mes chants?
Pourquoi parler encor de Memphis et du Tibre?
Nos drapeaux triomphaient; la patrie était libre :
A présent... O revers! nos glaives sont brisés,
Nous courbons, à présent, nos fronts cicatrisés.

LA BERGÈRE.

Non : vous serez toujours les fils de la Victoire,
Vos noms restent gravés au temple de la Gloire,
Et l'univers répète : « Honneur à tout guerrier
Dont le front est couvert du civique laurier ;
Qui, dans les fiers combats, défendit sa patrie,
Et, quittant, à sa voix, le fer qui l'a servie,
Rentre en paix sous le chaume et consacre ses mains
A l'art dont les doux fruits nourrissent les humains ! »

LE SOLDAT.

Hommage à la bergère, à la vierge céleste
Qui, d'un espoir éteint, a ranimé le reste !
Dont la bonté, les soins, le souris et les pleurs,
De nos corps mutilés ont charmé les douleurs.
Près de vous, le soldat, dans son humble chaumière,
Retrouvant le bonheur et sa force première,
Oublie et ses revers, et ces viles beautés,
Qui, dans des jours affreux, au sein de nos cités,
Accueillant à grands cris des ennemis barbares,
Bondissaient en cadence au bruit de leurs fanfares.

LE PASTEUR.

O moments désastreux ! Qu'en un profond oubli,
Ce souvenir amer demeure enseveli !

A ces mots, un mortel dont le tendre délire,
Aux amours consacra les accords de sa lyre ;
Qui, plus tard, quand la France a rajeuni ses lois,
A la sainte équité toujours prêta sa voix ;
Qui, dans les jours de deuil, citoyen magnanime,

Au glaive des tyrans arracha sa victime,
Et fut depuis l'oracle et le dieu des hameaux;
Aux deux chantres émus, adresse ces doux mots:

« La vigne orne l'ormeau ; l'ormeau soutient la vigne ;
La plante de Cérès des fiers lauriers est digne ;
Vénus sourit à Mars, et Mars à la beauté,
Douce loi de l'amour ! doit sa félicité :
O guerrier ! que l'hymen de roses te couronne,
Et délasse ton bras des travaux de Bellone!...»

Les Forêts.

Parmi des rocs déserts, Agénor, chaque fête,
Fuit, s'assied, dans ses mains laisse tomber sa tête,
Et donne un libre cours à ses cruels sanglots.
De ses pleurs dès longtemps coulaient ainsi les flots;
Lorsqu'un jour des bergers, témoins de ses alarmes,
L'abordent tristement, et, touchés de ses larmes :
« Tu pleures, bon vieillard ! qui cause tes regrets ?

AGÉNOR.

Un grand malheur, enfants, la chute des forêts !
Et la perte d'un bien plus précieux encore...
Que j'aime, que, sans fruit, dès l'enfance, j'implore,

Sans quoi le jour pour l'homme est un pesant fardeau ;
Mais dont l'image au moins me sourit au tombeau :
La douce liberté... Mes malheureux ancêtres
Sont tous nés, sont tous morts, condamnés à des maîtres.
Jeune encor, je voulus, au déclin de mes jours,
Assurer ce trésor, mes uniques amours !
Au sein de ce désert, et sur cette colline,
Les fêtes, je venais élever ma chaumine.
La terre souriait à mes constants efforts ;
Mes plants croissaient d'orgueil ; à l'aspect des plus forts
Qui déjà promettaient à mes vieilles années
D'un fruit délicieux les moissons fortunées :
Croissez, arbres charmants ! disais-je ; près de vous
Un peu de lait, du pain et vos présents si doux
Avec la liberté, sous l'humble toit de chaume,
Me rendront plus heureux que le plus beau royaume ..
Mais la hache est levée : adieu ! tout mon espoir !...
Et de la vie, esclave, hélas ! j'atteins le soir !

LOÏS.

J'aimais à contempler les hêtres, les érables,
Balançant sur les monts leurs sommets vénérables,
La vigne unie au plane, et les vastes ormeaux
De leur ombre couvrant les danses des hameaux,
Magnifique ornement, frais tapis de verdure,
Que sur ces rochers nus étendait la nature !

AGÉNOR.

Les arbres ne sont pas de simples ornements ;
Ils cimentent la paix entre les éléments.
Depuis que des forêts le superbe panache,
Aux cris d'un siècle avare, est tombé sous la hache,

Les éléments divers, spectacle désastreux!
Sans cesse déchaînés, se font la guerre entre eux.
Plus de trève, de paix. Des monts de la Norvége,
Et du Nord tout couvert de frimas et de neige,
Les aquilons glacés, qu'autrefois les forêts
Arrêtaient dans leur cours, sur nos tendres guérets
Tombent, et du Midi l'haleine incandescente
Brûle, sans la mûrir, la moisson languissante;
Qui n'en est pas témoin? Les saisons tous les jours,
Dans leur marche inconstante, ont de brusques retours.
Ainsi le ciel punit l'aveugle tyrannie
Qui, de la douce terre, a troublé l'harmonie.
Aux tempêtes du Nord, formidables remparts,
Les forêts opposaient leurs innombrables dards,
Enchaînaient les autans, dispersaient les orages,
Sur les plaines, l'été, versaient leurs frais ombrages,
A mille hôtes heureux, sous leurs dômes épais,
Assuraient un asile et de riches banquets;
D'un limpide cristal ouvraient partout la source,
Et ces lits desséchés en révèlent la course.
Spectacles ravissants! Il fallait voir alors
Que de biens la Nature épanchait sur nos bords!
Les phalanges des airs, et les tribus des ondes,
Animaient à l'envi ces retraites fécondes.
Le daim, le faon léger, les lièvres éveillés,
En tous lieux bondissaient à nos yeux égayés.
Amantes des ruisseaux, les actives abeilles
A longs flots prodiguaient leurs suaves merveilles.
Tous ces biens... où sont-ils? hélas! avec les bois
Ont disparu les eaux, les biches aux abois,
Et les chantres ailés, et les tribus sans nombre,
Qui chérissent des bois les mystères et l'ombre.

Les hivers sont glacés ; les étés, dévorants.
Le ciel fond, tombe en eau : d'effroyables torrents,
Entraînant le limon, richesse des montagnes,
Roulent avec fracas dans les vertes campagnes.
Les monts chauves et nus, les coteaux désolés
Réfléchissent leurs feux sur nos sillons brûlés.
Jadis, lorsque les vents se déclaraient la guerre,
Combien de fois j'ai vu, de ce roc solitaire,
Les lis étincelants, les mélilots dorés,
Les bluets, les ponceaux, les trèfles empourprés
Me présenter l'aspect d'un fleuve qui murmure
Ou d'un lac agité de fleurs et de verdure !
Ivres de leurs parfums, des oiseaux dans les bois
Jusqu'aux cieux à l'envi retentissaient les voix.
Trop fortunés moments ! Dans les vertes prairies
Que de fois égarant mes longues rêveries,
Et jaloux de percer le voile ténébreux,
Sous lequel l'univers se cachait à mes yeux,
M'écriai-je en mon âme : O Nature ! Nature !
Dissipe ce nuage et cette nuit obscure,
Laisse de l'univers briller, à mes regards,
Les ressorts merveilleux, les spectacles épars !...
Ils étaient devant moi : c'étaient ces harmonies,
Sources d'enseignements, de beautés infinies.
Tout enchante mon cœur ; tout parle à ma raison.
Mille dons variés, fruits de chaque saison,
Et l'ordre universel qui, gouvernant le monde,
Nous atteste d'un Dieu la sagesse profonde.
Sur son trône enflammé qui traverse les airs,
Je vois l'astre du jour boire les flots amers.
La vapeur qu'il attire, en nuage amassée,
Sur les ailes des vents, vers les monts est lancée.

3.

Là s'amassent longtemps d'énormes tourbillons;
Ils descendent en pluie, arrosent les sillons.
Les sillons rafraîchis s'émaillent de verdure,
Et tout ce qui respire y trouve sa pâture,
La race des mortels, l'insecte, les oiseaux,
Les muettes tribus que nourrissent les eaux,
Et, loin de s'épuiser, lorsque tout la dévore,
La terre, qui l'eût dit? en est plus riche encore.
Tous ces mondes vivants, par un juste retour,
De leurs débris féconds l'engraissent tour à tour :
Voilà comment s'instruit par la reconnaissance
Le cœur pur qu'a touché l'auguste Providence.

LOÏS.

Comment reconquérir de si charmants destins,
Rappeler sur nos bords les perdrix et les daims,
Et toutes les tribus dès longtemps exilées
Que vos yeux autrefois y voyaient rassemblées?

AGÉNOR.

Repeuplez les forêts; et, miracles nouveaux!
Du sein de vos forêts jailliront les ruisseaux;
Les ruisseaux à leur tour, à la terre épuisée,
Verseront les trésors d'une fraîche rosée.
Et la terre, prodigue en superbes moissons,
Paîra cent fois le prix de ces sages leçons.
Ornements de la paix, fiers abris dans la guerre,
Source immense des eaux qui fécondent la terre,
Les forêts dans leur sein enfantent des trésors
Que les ruisseaux partout épanchent sur leurs bords.
Souhaitez-vous hâter ces bienfaisants miracles?
Enfants, de la nature écoutez les oracles,
A chaque arbre donnez le sol qui lui sourit :

Le cèdre au front altier sur les monts se nourrit ;
Le frêne dans les rocs enfonce ses racines ;
Le lierre au bras noueux, caressant les ruines,
Pour cacher à nos yeux des objets de douleurs,
Les charge de festons, de guirlandes, de fleurs.
Semez presque au hasard les végétaux utiles,
Les lieux les plus ingrats, ils les rendront fertiles,
Surtout multipliez les arbres toujours verts.
Leur verdure, égayant l'albâtre des hivers,
Verse en toute saison des parfums balsamiques,
Qui repoussent au loin les vapeurs méphitiques.
Chérissez le mûrier ; qu'il présente au passant,
Sous un dais d'émeraude, un fruit rafraîchissant.
Que d'arbres fortunés vous nommerais-je encore !
L'odorant mahaleb, l'élégant sycomore,
L'orme, l'épicéa, l'utile noisetier ;
Tous méritent vos soins, jusqu'à l'humble églantier.
Parfois un mal affreux, au sein de nos campagnes,
Moissonne nos troupeaux, nos enfants, nos compagnes.
Voulez-vous, ô bergers, purifier les airs,
Détruire les vapeurs, les miasmes divers,
Que d'un limon fangeux et des eaux croupissantes,
Élèvent des étés les ardeurs étouffantes ?
Que l'aulne, le peuplier, les verdoyants cyprès,
Tous les arbres amis des eaux et des marais,
Semés et transplantés, décorent vos rivages,
En pompent les poisons, y versent leurs ombrages,
Et des eaux, dès demain, le cristal frais et pur
Des cieux enfin calmés réfléchira l'azur.

YVAN.

J'ombrage dès demain ma demeure champêtre

D'un arbre magnifique et qui m'est cher, le hêtre.

AGÉNOR.

Oui, le hêtre, mon fils, est l'ami des hameaux ;
Il les met à l'abri d'un déluge de maux.
Le chêne, le bouleau, provoquant les tempêtes,
Amoncellent de loin la foudre sur nos têtes :
Le hêtre hospitalier en écarte les coups :
Du tonnerre à sa vue expire le courroux. »

A ces mots, les bergers, enflammés d'allégresse,
Accomplissent les vœux dictés par la sagesse.
Sur les coteaux déserts, sur les monts désolés,
Aux bergers d'alentour en hâte rassemblés
Exposent du vieillard la leçon salutaire ;
Et tous, gais ouvriers, ils préparent la terre,
Puis volent dans les bois, coupent le rejeton
Dont l'ombre doit plus tard abriter le canton.
Du mélèze, du pin, du lentisque et du frêne,
Quand l'Automne la livre, ils recueillent la graine,
Choisissent avec art le propice terroir,
Du géant à venir y déposent l'espoir.
Rien ne suspend l'ardeur dont le feu les dévore,
L'hiver même, l'hiver ils transplantent encore ;
Et, lorsque le printemps éveille les hameaux,
C'est merveille de voir les monts et les coteaux
Sourire en se couvrant de l'antique parure
Dont les orna jadis la main de la Nature.
Des vigilants bergers tout couronne les vœux ;
Ils en sont triomphants, et leurs derniers neveux,
Savourant de ces bois le favorable ombrage,
Répéteront leurs noms, béniront leur ouvrage.

L'Aveugle.

Dans sa marche conduit par ce guide fidèle
Que la douce amitié nous offre pour modèle,
Vieux débris des combats, l'aveugle des hameaux
Allait de porte en porte et déplorait ses maux ;
D'un ton mâle il chantait : « Enfants de la chaumière !
Assistez le soldat privé de la lumière.
Riches de vos moissons, tranquilles sous vos toits,
Ah ! soyez tous heureux !... je le fus autrefois.
Autrefois m'ont souri des destins plus prospères.
Fier du modeste toit habité par mes pères,
Je possédais un champ, et mes riches guérets
Se couvraient en été des trésors de Cérès.

Un verger entourait mon champêtre héritage ;
Sous mon chaume en tous temps les fruits et le laitage,
A l'humble voyageur qui suspendait ses pas,
Offraient à mes côtés un modeste repas,
Et, comme vous joyeux, pauvre, mais sans envie,
J'allais couler en paix une innocente vie,
Quand une horde atroce inonda nos sillons ;
Je m'armai, je suivis nos jeunes bataillons.
Fils de la liberté, couronnés par la gloire,
Nous volâmes trente ans de victoire en victoire ;
Un seul jour moissonna la fleur de nos guerriers.
Un bâton à la main et cachant mes lauriers,
Languissant, je voulus regagner ma chaumine.
O barbares vainqueurs ! tout n'était que ruine...
Heureusement, privé de la clarté des cieux,
Je ne vis pas du moins votre aspect odieux.
La nuit, je visitai l'enceinte solitaire,
Où gît de mes aïeux la tombe héréditaire.
Là, j'étendis les mains, j'embrassai leurs tombeaux ;
Muet dans ma douleur, étouffant mes sanglots,
Je versai sur leur cendre un long ruisseau de larmes,
Et fuis des lieux pour moi jadis trop pleins de charmes.
Depuis ce jour, errant de hameaux en hameaux,
Implorant la pitié, je raconte mes maux,
Et crie à chaque porte : Enfants de la chaumière !
Assistez un soldat privé de la lumière. »

Ému de ses accents, un groupe de bergers
L'accueille, le conduit à l'ombre des vergers ;
Sur un tertre de mousse on lui prépare un siége,
Et des plus tendres soins le jeune essaim l'assiége.

L'un lui met dans la main le savoureux gâteau,
L'autre vole d'un trait au plus prochain coteau,
Et rapporte en riant une grappe vermeille ;
Un autre, les rameaux où brille la groseille ;
Celui-ci d'un miel pur lui verse les flots d'or :
Chacun pose à ses pieds son champêtre trésor ;
Et tous : «Oh ! contez-nous vos fameuses batailles !
Comment des ennemis vous sapiez les murailles !
Dites-nous vos exploits, dites-nous les combats
Où vous avez cent fois affronté le trépas ;
Ou plutôt, reprenant le cours de votre gloire,
De vos nobles lauriers exposez-nous l'histoire,
Et quel fut le signal de cette liberté,
Bienfait dans nos hameaux à jamais respecté ! »

« Écoutez, chers enfants, en voici l'origine !
La France était en proie à l'horrible famine,
Les peuples, accablés de misère et de faim,
Demandaient en pleurant du travail et du pain.
Quelle fut la réponse accordée à leurs larmes ?
Des ministres cruels, préludant aux alarmes,
A nos pères trabis préparaient le trépas.
C'est alors que s'ouvrit la lice des combats. » —
Et soudain le guerrier, dans une sainte ivresse,
Fait retentir les airs de ces chants d'allégresse,
Qu'eux-mêmes entonnaient, les nobles fils de Mars,
Lorsque, bouillants d'ardeur, ils volaient aux hasards.
Dans ces hymnes guerriers il croit voler encore
Du Sud aux champs glacés, du couchant à l'aurore.
A vingt peuples divers portant la liberté :
Puis, à ce souvenir, il s'écrie attristé :

Vains efforts! Tout succombe, et par la tyrannie
L'auguste liberté de la terre est bannie;
Des sciences, des arts, on éteint le flambeau;
Partout règne la paix, mais la paix du tombeau.
Qu'ardente à provoquer une lutte orageuse,
S'élève quelquefois une voix courageuse,
On l'étouffe à l'instant : les fers et la prison,
Au silence bientôt condamnent la raison;
Et ce n'est plus qu'au sein de ses dieux domestiques
Que l'on peut déplorer les misères publiques.
Écoutez, chers enfants! prêtez l'oreille encor
Aux accents soupirés pour une harpe d'or...
Que fais-je? Pardonnez un aveugle délire.
Savez-vous ce que c'est qu'une harpe, une lyre?
Non, je vais vous conter des faits miraculeux
Que l'on ne croira pas, que j'ai vus de mes yeux.
Je pensais qu'enfermée au fond d'un sanctuaire,
La science muette, impuissante à la guerre,
Ne pouvait qu'amuser de frivoles esprits
Étrangers à la gloire, indignes d'un tel prix.
Nous vîmes quels trésors jaillissent de ses veilles.
C'était dans ces beaux temps où, féconde en merveilles,
La France, à l'univers, révélait chaque jour
Mille traits de valeur, de génie et d'amour.
Nos drapeaux reculaient. Une ligue implacable
De onze potentats sous son poids nous accable.

LES BERGERS, avec une surprise mêlée d'effroi.

Ciel! onze potentats!... .

L'AVEUGLE.

Vous frissonnez, enfants!

(Avec orgueil.)

Vos pères, du danger, sont sortis triomphants !
Écoutez : profitant des discordes civiles
Que lui-même il soufflait dans nos champs et nos villes,
Cet ennemi pervers, je ne puis le nommer
Que de courroux mon cœur ne se sente enflammer !
Un moment, à son char, enchaîna la victoire ;
De la France il souillait l'auguste territoire.
Nous étions à Fleurus, théâtre tant de fois
Témoin de grands revers et d'illustres exploits.
Aux premiers feux du jour : «Colonnes! en bataille! »
Et cent bouches d'airain vomissant la mitraille,
A nos jeunes soldats encor mal affermis,
Semblaient dire : «Fuyez devant tant d'ennemis! »
Eux fuir?... ils tiennent bon : sans souliers et sans guêtres,
De la veille arrachés à leurs travaux champêtres,
Ils marchent à l'assaut comme de vieux guerriers
Élevés dans les camps, blanchis sous les lauriers.
Ils ont aussi pour chef un héros intrépide.
J'étais là ; je l'ai vu : quelle valeur rapide !
De chef et de soldat, en parcourant les rangs,
Comme il sait accomplir les emplois différents !
Aux obus, aux boulets qui labourent la terre,
Il sourit, et, bras nus, brandit son cimeterre [1].
Des combats on eût dit l'invulnérable dieu
Bondissant à travers une plaine de feu.
Le sang coulait à flots, et des guerriers sans nombre,
En ce jour moissonnés, ont vu la rive sombre.
En automne, parfois, quand la fureur des vents

[1] Tout le monde sait que les généraux de la République, au milieu
de l'action, parcouraient les rangs, les bras nus et le sabre à la main.

Ébranle des forêts les panaches mouvants,
D'un murmure confus la feuille desséchée
Tombe en nuage épais de sa tige arrachée :
L'un sur l'autre entassés, les nombreux bataillons,
Ainsi tombaient alors et jonchaient les sillons.
Malgré tous nos efforts, la victoire inconstante
Entre les deux partis resta longtemps flottante.
Heureux qui l'obtiendra ! mais, dans un tel chaos,
Comment de l'ennemi surprendre les défauts ?
Qui nous révélera son côté vulnérable ?
O d'un chef prévoyant génie incomparable !
Tout à coup un ballon, d'un vol audacieux,
Du séjour des humains s'élance au haut des cieux ;
Intrépide argonaute aux plaines du tonnerre,
De la voûte étoilée interrogeant la terre,
Du camp de l'ennemi qui s'arrête éperdu,
Il embrasse le plan à ses pieds étendu,
Et transmet à nos chefs, sur des feuilles tracée,
D'Eugène et de Cobourg la profonde pensée.
A cet aspect, frappé d'une morne stupeur,
Le Germain ne connaît d'autre chef que la peur.
« Fuyons, dit-il, fuyons ! Vers la céleste voûte
» Le Français s'est ouvert une nouvelle route !
» A ces Républicains qui pourrait résister ?
» Maîtres des éléments rien ne les peut dompter !
» Voyez, suivez ce globe !... il plane... et sur nos têtes
» Vont tomber à la fois la foudre et les tempêtes !
» Sauve, sauve qui peut !... » Et tout fuit... Les Germains
Laissent honteusement la victoire en nos mains.

Mais écoutez encor, combien à la vaillance
De secours quelquefois a prêté la science.

Dans la saison de deuil où les âpres frimas
D'un voile éblouissant ont couvert nos climats,
Au sein de la Hollande, un océan de glace
Du Français triomphant avait porté l'audace.
Tout à coup l'hiver fuit ; les soldats effrayés
Sentent la glace fendre et crier sous leurs piés.
De leur témérité seront-ils la victime ?
Et soudain : « Général, sauvez-nous de l'abîme.
La mort de toutes parts... Fuyons ! Point de vaisseaux ?
Veux-tu nous engloutir sous le gouffre des eaux ?
Le péril est pressant ; de ses tièdes haleines,
Le Midi va des eaux fondre les vastes plaines.
Tiens, tout craque... » Ils ont dit. Dans ce moment fatal,
Le chef a du départ ordonné le signal,
Lorsque, de la Nature admirable interprète,
Un exilé français a quitté sa retraite :
« Général ! l'araignée a triplé sa cloison.
Ne crains pas le retour de la belle saison.
Ce dégel est trompeur ; demande à ton armée,
D'un souffle du zéphir vainement alarmée,
Un jour seul... M'entends-tu ? — Quel gage de succès
Peut m'offrir un proscrit ? — Proscrit, oui, mais Français.
Résiste, tu vaincras, j'en réponds sur ma tête.
Général, mon oracle assure ta conquête !
Ma vie en est le gage ! » — Il dit. Le général
De la retraite alors révoque le signal ;
Et, des antres du Nord, l'impétueux Borée,
Du sage accomplissant la parole sacrée,
Avec tous les frimas ramène l'âpre hiver,
Et devant nous, au loin, jette un chemin de fer ;
Triomphants, nous rions de nos folles alarmes,
Et l'insecte a livré la Hollande à nos armes.

LES BERGERS.

Que tes frêles réseaux, insecte précieux,
Rappelant ce bienfait, soient chers à tous les yeux !

L'AVEUGLE.

Ce n'est rien : mes amis, admirez le courage
Qui doit rendre immortel un héros de votre âge.

LES BERGERS.

De notre âge ?... Un enfant... O prodiges nouveaux !
Nous voulons l'imiter, contez-nous ses travaux. » —

Et plus près du guerrier que chacun d'eux révère,
Des bergers palpitants le groupe se resserre.

L'AVEUGLE.

Enfants, puissent aussi vos efforts immortels,
De la patrie un jour mériter des autels !
— Au bord oriental, l'ennemi de la France
Menaçait de franchir les flots de la Durance.
Déjà sur le bateau, cent bronzes meurtriers
De la rive opposée écartent nos guerriers,
Et de son nombre seul l'ennemi nous accable.
Dans ce pressant danger, qui coupera le câble ?
Nul ne l'ose : on recule à l'aspect de la mort.
Le plus brave ne sent ni honte ni remord.
Un jeune enfant accourt : « Sapeur, sapeur, ta hache,
Donne ta hache ! » Il dit, et de ses mains l'arrache,
Comme l'éclair descend le rapide coteau,
Arrive, l'arme au bras, vers le fatal poteau.

Là, sur les ennemis que son audace étonne,
Il dirige les coups de la foudre qui tonne,
Puis ressaisit le fer ; sur le câble ébranlé
Qui cède à ses efforts, frappe à coup redoublé ;
Il frappe, et cependant un orage de balles
Que lancent contre lui d'horribles cannibales,
Se dispersant dans l'air, ont longtemps respecté
La tête d'un héros cher à la liberté.
Mais, hélas ! il succombe, il succombe et s'écrie :
« Mère, réjouis-toi : je meurs pour la patrie. »
Et ses vils ennemis, moins guerriers que bourreaux,
Dispersent mutilés les restes du héros !

YVAN.

O trépas que j'envie !

LOÏS.

O nobles destinées !

NÉRIS.

Quel mortel étonnant s'il eût pris des années !

L'AVEUGLE.

A peine Viala comptait treize printemps [1].

OCTAVE.

Guerriers ! quels souvenirs !

L'AVEUGLE.

Ah ! c'étaient les beaux temps !
Dans la neige, au bivouac, sans pain et sans chaussures,
Nous n'en portions pas moins de profondes blessures.
On enfonçait les rangs, on brisait les remparts.

[1] Joseph-Agricole Viala, âgé de treize ans, au mois d'août 1793.

4.

Tout était de la fête, enfants, femmes, vieillards.
Est-ce donc là, grand Dieu, le prix de tant d'alarmes !
La France qui, jadis, souvenirs pleins de charmes !
Voulait d'un joug d'airain affranchir l'univers,
Veuve de ses héros, succombe à ses revers. » —

Le guerrier, accablé d'une douleur profonde,
Veut reprendre à ces mots sa course vagabonde.
Mais les jeunes bergers enlacent ses genoux,
S'écriant de concert : « Ah ! restez parmi nous !
Où voulez-vous trouver des destins plus prospères ?
Le soldat, de tout temps, fut l'ami de nos pères ;
Nos pères, en tout temps, au brave de retour
S'empressent de donner mille marques d'amour ;
Ils vous prodigueront le doux jus de la tonne ;
Nous, les fleurs du printemps et les fruits de l'automne,
Et nos mères, du miel, du lait et des œufs frais,
Présents qu'ici le Ciel vous offre à peu de frais.
— Vainement, dit Mirtil, vous faites le rebelle,
Moi, j'emmène chez nous votre guide fidèle.
Venez, et racontez à vos hôtes nouveaux
Votre exil, vos revers et vos nobles travaux. »
Touché de tant d'amour, le pauvre aveugle pleure,
Les suit dans la chaumière, y fixe sa demeure,
Y savoure avec eux les fruits de la saison,
Et, tant que le soleil éclairait l'horizon,
Noble preux, il chantait les beaux jours de la France,
Sa gloire, ses héros et son indépendance !
Et la nuit, sous le toit du pâtre hospitalier,
Même aux bras du sommeil ne pouvant l'oublier,
Il nommait sa patrie et murmurait encore :
— Liberté, liberté, je t'aime, je t'adore ! —

Le Concert des Bergers.

Les moissons se doraient : en cercle sous l'ombrage,
Assis paisiblement, les bergers du village,
Tandis qu'au sein des prés bondissaient les troupeaux,
Essayaient tour à tour leurs agrestes pipeaux.
L'un chante les guérets, l'autre célèbre Flore;
Le fier Rosval, la pompe et l'éclat de l'Aurore;
Et, plus tendre, Mysis, les regards du couchant,
Spectacle non moins beau, mais pour lui plus touchant.
Quand Daphnis, contemplant l'admirable Génie
Qui, principe du Monde, en règle l'harmonie :
« Dis-moi, Mirtil, quelle est la plus belle saison ?

MIRTIL.

Eh ! celle où, déchirant son étroite prison,
L'insecte ailé revoit la plaine rajeunie
Brillant comme les fleurs dont brille la prairie.

NARCISSE.

Plus radieux, l'été, couronné d'épis d'or,
Couvre au loin les guérets du plus riche trésor ;
Verse sur nos hameaux des torrents d'abondance :
Partout la joie éclate : on rit, on chante, on danse.

YVAN.

Et malgré tant d'éclat, l'automne aura le prix :
Père de la gaîté, des bons mots et des ris,
De la grappe odorante il parfume ma treille,
Et de fruits savoureux couronne ma corbeille.

LOÏS.

Moi, j'aime la saison où les piquants frimas,
Sous un voile d'albâtre ont caché nos climats.
On reste sous son toit : dans la longue soirée
Je contemple à loisir la bergère adorée...

TIBUR.

Que de goûts différents ! que de tableaux divers
S'offrent à nos regards dans ce vaste univers !
Et maintenant, du jour quelle est la plus belle heure ?

MIRTIL.

C'est l'heure où je revois ma modeste demeure ;
Ma sœur, et mon vieux père appuyé sur son bras,

S'avancent sur la porte au-devant de mes pas.
Mon père me sourit; et ma sœur qui m'embrasse,
Des fatigues du jour, par ses soins me délasse.

NARCISSE.

Pour moi, la plus belle heure est celle où nos troupeaux,
Respirant sous l'ombrage un aimable repos,
Laissent, comme à présent, le chalumeau champêtre
S'égayer au hasard dans les plaines de l'être,
Des mondes à la fleur et des moissons au temps.

YVAN.

Oui, chacun a ses goûts : le plus beau des instants,
C'est pour moi quand la nuit, dans l'azur de ses voiles,
A mes yeux offre au ciel un océan d'étoiles.
Ces feux étincelants, dans ce temple éternel,
Sont pour moi les regards d'un Témoin paternel.

LOÏS.

J'aime ce noble essor : mais mon humble pensée
Vers ce trône d'azur ne s'est jamais lancée.
La nuit me sourit peu : c'est le lever du jour,
Quand je vois le matin, modèle de l'amour,
Ma bergère, guidant les pas de son vieux père
Vers le temple où l'airain appelle à la prière.

TIBUR.

Ah ! parmi tant d'objets, de trésors si touchants,
Un prodige nouveau plus digne de vos chants !
Quel serait le destin, quelle serait la vie,
Qui te semblent, Mirtil, le plus dignes d'envie ?

MIRTIL.

Si le ciel m'eût fait naître Alexandre ou César,
Je prendrais la houlette et quitterais mon char
Pour montrer de nouveau, par un auguste exemple,
Combien ce vain éclat, que la foule contemple,
Est peu digne à mes yeux de l'encens des mortels,
Et que seule, Palès a droit à leurs autels.

TIBUR.

Quoi! tu n'es pas épris de l'éclat de la gloire
De ces héros au loin guidés par la victoire?

MIRTIL.

Mais, à ton tour, dis-moi, que sont les conquérants?
Des torrents orageux ou des feux dévorants!
Mon vieux père toujours les compare à ces astres
Dont le cours n'est marqué que par de longs désastres.

TIBUR.

Ah! loin de moi, grands Dieux! de semblables forfaits!
Je voudrais sur la terre épancher mes bienfaits,
Éclipsant tous les rois dans leur munificence,
Être, pour mes sujets, une autre Providence.

MIRTIL.

Thémis est à mes yeux la reine des vertus.
N'a-t-elle point gémi des bontés de Titus?
Oui : pour donner à l'un, il faudrait prendre à l'autre,
Et, respect à Thémis, gardons chacun le nôtre.

YVAN.

Une inquiète ardeur et de vagues désirs

M'ont fait souvent des rois envier les plaisirs.

MŒRIS.

O toi ! que tes vertus, tes bienfaits, ton grand âge
Ont rendu, dès longtemps, l'oracle du village,
Dissipant des faux biens le prestige trompeur,
Dis-nous, pieux vieillard, où tu mets le bonheur ?

LE VIEILLARD.

Il n'est pas dans les cours, ni dans la renommée !
La gloire et l'or ne sont qu'une vaine fumée !
Le bonheur, ô bergers ! règne dans un cœur pur,
Image de la paix et de ce ciel d'azur !

Continuez, bergers ! Que j'aime à vous entendre,
D'un ton vif et léger ou d'un air grave et tendre,
Disputer et ravir ou décerner le prix,
A l'heure, à la saison dont vous êtes épris.
Et de là, vous lançant sur les flots de la vie,
Rechercher le bonheur qui vous eût fait envie.
Donnez un autre essor à vos sages désirs.
Heureux enfants du ciel, tout est pour vos plaisirs.
Savourez tous les dons qu'en sa munificence
Vous épancha des dieux la céleste puissance.
Et, dans toute saison, à chaque heure du jour,
Payez-leur le tribut d'un éternel amour ! »

Cécile et Oscar

ou

LES DEUX ORPHELINS DU HAMEAU.

L'allégresse est au comble, il est fête au hameau.
Quels chants ! quels cris de joie ! on danse sous l'ormeau.
Tout est plaisir, amour : seule, tendre orpheline,
Cécile, l'œil en pleurs, au pied de la colline
Où reposent les siens, victimes du trépas,
Sous des arbres en deuil, précipite ses pas.
Mais d'où vient cependant cette mélancolie
Où la jeune beauté paraît ensevelie ?
Elle n'a pas connu les auteurs de ses jours.
Nul berger au hameau n'appelle ses amours.
Non, non ; mais dès longtemps, dans les champs de Bellone
Pour un autre orphelin, son âme, hélas ! frissonne.

Depuis d'affreux revers, tous les autres guerriers
Sont rentrés dès longtemps au sein de leurs foyers.
Oscar, Oscar lui seul, simple orphelin comme elle,
N'a point encor calmé sa souffrance cruelle.
Il l'aimait bien pourtant. Dès l'enfance, tous deux
Avaient du tendre amour serré les plus doux nœuds.
Au temple, dans les champs, sous la verte feuillée,
Et dans les longs hivers, le soir, à la veillée,
Toujours ensemble : ainsi deux frêles arbrisseaux
Soutiennent mieux des vents les furieux assauts,
Entrelaçant leur tige et leurs rameaux flexibles.
Les malheurs partagés sont toujours moins sensibles ;
Mais que devient le cœur que le sort en courroux
Isole et prive, hélas ! de liens aussi doux ?
Il souffre mille maux. Cécile en fait l'épreuve.
De son unique ami l'infortunée est veuve.
« Oscar ! dit-elle, Oscar ! O toi, mon seul soutien,
Dès le berceau, mon cœur reposait sur le tien ;
Je ne vivais qu'en toi : tu me tins lieu de frère
Et de père et de sœur, et d'amie et de mère.
Mon âme cependant bénissait les destins.
Mais hélas ! emporté dans les climats lointains,
Tu me laissas en proie à ma douleur profonde.
Plus d'appui, de secours ! Cécile est seule au monde :
Ils sont tous revenus, toi seul ne reviens pas !
Toi seul as succombé sous la faux du trépas !
Cher amant ! tu n'es plus ! tu n'es plus, et tes restes
Gisent abandonnés sur quelques bords funestes !...
Dans ce dernier écrit que m'adressa ta foi,
Tu me promets de vivre et de mourir pour moi :
Je saurai t'imiter : Oscar, voici ma tombe !...
Viens, reçois-moi, reçois Cécile qui succombe !... »

Elle dit : quand soudain à son œil abattu,
S'offre au loin un guerrier, qui court, vole, éperdu.
Elle observe ses pas dans la lugubre enceinte.
Puis : « Oscar, est-ce toi ?... Viens, ombre chère et sainte !
— Qu'entends-je ? quel accent ? » crie Oscar à son tour.
Il regarde, aperçoit l'objet de son amour,
Vole à ses pieds, se trouble, entre ses bras la presse,
Et dans les vifs transports d'une brûlante ivresse :
« Cécile, ô ma Cécile, enfin je te revois !
Cécile, enfin j'entends le doux son de ta voix.
Oh ! parle ! m'aimes-tu ?... cher objet que j'adore ! »
Il dit : et sur son cœur la presse et presse encore,
Inonde de baisers l'albâtre de sa main,
L'or de ses blonds cheveux, ses lèvres de carmin.
Pressés l'un contre l'autre, ô torrents de délice !
Tous deux des voluptés savourent le calice ;
S'enivrent à longs traits du feu de leur regard ;
Se murmurent leurs noms : Cécile ! mon Oscar !...
De leurs bras enlacés se font d'étroites chaînes ;
Confondent leurs soupirs ; confondent leurs haleines ;
D'un vrai délire, Oscar éprouve le transport ;
Il rit, pleure, frémit, il demande la mort !
« Chère amante, dit-il, bois ma vie et mon âme ! »
Cécile à tant d'amour succombe ; elle se pâme.
Oscar le voit, soutient ses membres languissants ;
Par un baiser de feu la rappelle à ses sens ;
Et par mille baisers dont son ardeur l'inonde,
Va la plonger peut-être en une nuit profonde.
Mais d'une voix mourante : « Assez, Oscar, assez !... »
Sur des gazons fleuris, tous deux se sont placés.
Puis, en lui souriant : « Mon ami, soyons sages...
Dit-elle, conte-moi tes combats, tes naufrages,

Les fleuves, les déserts, les superbes cités
A Cécile inconnus, et par toi visités.
Dis-moi tous tes malheurs, mon cœur veut les entendre.»
Oscar, reconnaissant d'un intérêt si tendre :
« Comment peindre à tes yeux mille et mille climats
Hérissés en tous temps par d'horribles frimàs
Ou dévorés au loin des feux de la torride?
Les champs tout inondés d'une fange homicide,
Qui vomit, dans les airs, de mortelles vapeurs;
Tant de peuples divers, leurs cultes et leurs mœurs?...
Je t'appris mon départ des murs d'Alexandrie.

CÉCILE.

Oui, doux allégement à mon âme attendrie !
Avec tes compagnons, j'espérais te revoir.
Quel revers si longtemps a trahi mon espoir ?

OSCAR.

Par les vents dispersés sur les liquides plaines,
Le More nous surprend : il nous charge de chaines,
Dans l'immense désert, sous des cieux embrasés,
Il nous traîne, de faim, de fatigue épuisés.
Nous foulons du Niger les plages inconnues.
Bientôt, parmi des monts qui divisent les nues,
Il remet à mes soins la garde des troupeaux.
Quelle tâche ! grands dieux ! Point d'abri, de repos.
Le jour, exposés nus sous la zone enflammée,
La nuit, qui dormirait ? La lionne affamée,
Le tigre furieux, d'horribles léopards,
Du creux des antres sourds fondent de toutes parts.
Puis la soif et la faim ; pour en calmer la rage,
D'un peu de lait à peine on nous permet l'usage !

Aussi mes compagnons ont, de leurs tristes jours,
Dans l'excès des douleurs tous terminé le cours.
Si je respire encore, une faiblesse extrême
Annonce que bientôt j'expirerai moi-même ;
C'est mon unique espoir : mais la cupidité
Qui, dans le More affreux, tient lieu d'humanité,
A mon maître, pour moi, d'une pitié barbare,
Inspire le secret : cet homme au cœur avare,
Du plus tendre intérêt semble écouter la voix ;
Il accourt, me sourit, m'emporte sous ses toits ;
Gémit sur mes malheurs, se vante de mon zèle,
Veut se faire un ami d'un serviteur fidèle ;
Comme un père éploré, veille à tous mes besoins :
Je renais à l'espoir, et, lorsque par ses soins,
Je pense recouvrer la liberté, la vie,
Il me vend : me voilà dans le fond de l'Asie...
Mais pourquoi t'affliger des maux que j'ai soufferts ?
Le ciel est équitable ; un Dieu brise mes fers.
Des humains cependant je fuyais la demeure.
Esclave révolté ! Leur cri de sang : « Qu'il meure ! »
Jusqu'au fond de mon cœur a longtemps retenti.
Et quand, sous le sommeil parfois appesanti,
Je goûte le repos, des images funèbres
M'éveillent en sursaut au milieu des ténèbres.
Salutaires terreurs ! Les esprits effrayés
J'évente mieux les lacs renaissants sous mes pieds,
De ces sombres forêts, sur les monts, sous les grottes,
J'évite ou je combats les redoutables hôtes.

CÉCILE.

Tu fus bien malheureux !

OSCAR.

Je ne te voyais pas.

CÉCILE.

Que de fois, mon ami, tu bravas le trépas!

OSCAR.

Je ne songeais qu'à toi !

CÉCILE.

Tu n'avais pas d'asiles !

OSCAR.

J'errais dans les déserts; puis, rentré dans les villes,
Je devins l'intendant d'un caravansérail.
Estimé des émirs, je gardai le sérail...

CÉCILE.

Oscar, serait-il vrai? Tous tes compagnons d'armes
Des femmes d'Orient nous ont vanté les charmes!
Oh! combien de beautés t'ont soumis à leur loi?

OSCAR.

Cécile, il n'est pas bien de douter de ma foi !
Cruelle, des soupçons!... Ah! je les ferai taire. » —

A ces mots le guerrier pose son casque à terre,
Et tire de son sein la boucle de cheveux
Qu'il obtint comme objet de ses plus tendres vœux.

« Tu me les as donnés le beau jour de ta fête.

CÉCILE.

Tu les as conservés?...

OSCAR.

Ils ont orné ta tête... »

5.

Puis il reprend son casque, ouvre un secret ressort
Et renverse à ses pieds le plus riche trésor.

CÉCILE.

Que vois-je, cher Oscar? les belles pierreries!...
Auprès d'elles pâlit l'émail de nos prairies.
Que de feux! quel éclat! D'où viennent ces rubis?...

OSCAR.

Du Tartare insolent ils ornaient les habits.

CÉCILE.

Le beau vert, comme il brille! On l'appelle?...

OSCAR.

                                        Émeraude.
Le hasard me l'offrit auprès d'une pagode.

CÉCILE.

Dans ces cœurs enlacés, quel bleu céleste et pur!
Des voûtes de saphir il réfléchit l'azur.

OSCAR.

Il me vint, malgré moi, du plus pieux des brames:
Son enfant périssait, je le sauvai des flammes.

CÉCILE.

Ce doux gage à ton cœur doit être précieux.

OSCAR.

Oui, ma Cécile, il peint l'azur de tes beaux yeux.

CÉCILE.

Oscar, dis-moi le nom de ces pierres superbes ?
Dieux ! quels feux ! que d'éclairs ! des roses et des gerbes ..

OSCAR.

Ne reconnais-tu pas l'éclat du diamant ?
Des reines et des rois magnifique ornement !

CÉCILE.

Où les as-tu trouvés ?

OSCAR.

                    Dans de vastes ravines !
Sur des monts entr'ouverts qui tombent en ruines,
Où roulent à grand bruit des torrents écumeux,
Où rôdent les lions et les tigres affreux...
Que vois-je ? juste ciel ! tes yeux versent des larmes.
Ma Cécile, dis-moi, qui cause tes alarmes ?...

CÉCILE.

Les périls essuyés, les travaux entrepris...

OSCAR.

Pour te plaire ! Cécile, est-il un plus doux prix ?
A la douce beauté qu'on révère, qu'on aime,
Qui ne voudrait offrir et sceptre et diadème ?
Je voulais te prouver que je t'aimai toujours,
Que toi seule es l'objet de toutes mes amours.
Tandis qu'assis en paix à l'ombre des bocages
Tu contemplais au loin nos verdoyants rivages,
Moi, jeune enfant encor, des lacs et des torrents

Je franchissais les flots, les gouffres dévorants.
Passe-temps précieux ! ce jeu de mon enfance
Aux mers de l'Orient reçut sa récompense.
Mille hardis plongeurs, à ces fertiles bords,
Pour l'orgueil des soudans ravissaient leurs trésors.
Je descendis comme eux dans l'abîme des ondes,
Et là, sous les rochers, dans les grottes profondes,
La nacre en lits perlés, des forêts de corail,
De l'antique Océan magnifique travail,
M'étalèrent leurs dons ; et de tant de merveilles,
Ces deux perles, Cécile, orneront tes oreilles.
Ces rameaux de corail, par les arts embellis,
Relèveront l'éclat de ton beau col de lis. »
A ces mots, reprenant et son casque et son glaive,
Après mille baisers le guerrier se relève,
Aborde le pasteur, vénérable mortel,
Qui les conduit tous deux aux marches de l'autel.
« Cécile, et vous, Oscar, que le Dieu des batailles
Ramène triomphant au sein de nos murailles,
L'hymen est un saint nœud ; respectez-vous toujours,
Et que le ciel, enfants, vous donne de longs jours ! »
Puis, il les a bénis ; et chacun, dans le temple,
En extase devant les trésors qu'il contemple,
Et dont l'amour orna la timide beauté,
Murmure ce refrain par le ciel écouté :
« Des guerriers, des amants, Oscar est le modèle,
Et Cécile, des cœurs, le cœur le plus fidèle. »

Dans les halliers de Pain-perdu, 1827.

La Veillée.

Felix qui potuit rerum cognoscere causas.

LUCRÈCE.

Chaque soir, des enfants, Germaine à la veillée,
Autour d'elle attachait la troupe émerveillée ;
Et là, dans des récits, honte de la raison,
Distillait de l'erreur le funeste poison.
Ce poison, quelquefois source de bien des larmes,
Pour l'enfance ignorante a souvent trop de charmes.
De l'hiver si joyeux les scènes vont s'ouvrir ;
Aux contes les enfants s'empressent d'accourir.
En cercle se pressant, l'attentive phalange,
Près du rouet qui crie à la hâte se range,
Et, l'air avide, attend le récit d'autrefois.
Germaine va conter : entendez-vous sa voix ?

« Une nuit, le baron à la démarche altière,
Mes enfants, traversait l'antique cimetière ;
Un spectre, enveloppé de lugubres lambeaux,
Se lève et le conduit à travers des tombeaux...

LE PASTEUR.

C'est assez, c'est assez, ô crédule Germaine !
Ridicules écarts de la raison humaine,
Ces contes monstrueux de revenants, d'esprits
Dont nos simples aïeux n'étaient que trop épris ;
Les ogres, les lutins, les spectres, les fantômes,
Chimériques vapeurs, qui, des sombres royaumes,
Autour des vieux châteaux où mugissaient les vents,
Erraient pour effrayer, disait-on, les vivants,
Doivent rentrer enfin dans une nuit profonde.
Vous faut-il des récits venus d'un autre monde,
Mais d'un monde réel, que l'on ne connaît pas,
Écoutez ces guerriers échappés au trépas ?
Sur la terre longtemps comme au sein de Neptune,
Ils ont tous éprouvé l'une et l'autre fortune ;
Pour eux de l'univers les vastes régions
Ont déroulé leurs lois et leurs religions.
Sage Fernand, Arthur, et toi, valeureux Carle,
Que chacun, à son tour, pour nous instruire, parle ?

LA JEUNESSE.

Vous avez, ô guerriers ! parcouru l'univers ;
Sous vos yeux ont passé mille peuples divers ;
Contez-nous donc leurs mœurs, leurs pays, leurs usages.

LE PASTEUR.

Exposez-nous aussi les doctrines des sages.

UNE MÈRE.

Vous avez, ô guerriers! épuisé le malheur;
Mais les fruits en sont doux : offrez-nous-en la fleur.

UN VIEILLARD.

Commence, brave Arthur.

ARTHUR.

      Hé bien, que vous dirai-je ?
Des champs toujours couverts de montagnes de neige,
Où je croyais traîner un exil sans retour ?
Et les six mois de nuit et les six mois de jour ?
Le nain de Laponie abandonnant les rênes,
De son char sur la glace emporté par les rennes?
Ou bien vous conduirai-je au milieu des déserts,
Que l'Arabe franchit plus prompt que les éclairs ?
Montrerai-je à vos yeux l'errante caravane,
L'Osage américain du fond de la savane
Poursuivant le chevreuil dans les vastes forêts,
Ou fumant accroupi le calumet de paix ?
Du farouche Huron sous la hutte enfumée,
Pendant les longs hivers la tribu renfermée,
Et pour un seul flacon de la liqueur de feu,
Sans scrupule changeant et de culte et de dieu?
De vingt peuples divers plongés dans les ténèbres,
Faut-il vous exposer les usages funèbres?
L'Hyrcanien livrant sans honte et sans remords
A des chiens affamés la dépouille des morts?
Les stupides Indous, à la voix de leurs brames,
Sur l'époux qui n'est plus, brûlant toutes ses femmes?
D'autres, sur le sommet de leurs antiques tours,

Abandonnent les corps à la faim des vautours ;
D'autres, pour mieux garder les restes qu'ils honorent,
Piété sacrilége ! eux-mêmes les dévorent.

LE PASTEUR.

Sous le gazon dormir auprès de ses aïeux,
Chers amis, est encor préférable à mes yeux.

FERNAND.

Dans les murs de Bénin, moi, j'arrive au jour même,
Où la mort de l'État frappe le chef suprême.
Au bruit de son trépas règne partout le deuil.
On se répand en pleurs et l'on creuse un cercueil,
Gouffre immense, profond, qui s'étend sous la terre,
Et dont l'étroit passage est fermé d'une pierre.
On y plonge à grands cris tous les infortunés
Au service du mort par la loi condamnés :
Hommes, femmes, vieillards, tout pêle-mêle y tombe.
A la troisième aurore on découvre la tombe :
Et le premier visir, d'une lugubre voix :
« Avez-vous rencontré le dernier de nos rois ? »
Dit-il. Si l'on entend gémir quelque victime,
Les prêtres aussitôt font refermer l'abîme.
L'abîme se tait-il ? tous volent au palais
Où de nombreux festins s'apprêtent à grands frais.
Du nectar des palmiers, là, les gardes s'enivrent.
Et quels sont les transports où ces monstres se livrent ?
N'est-ce pas trop du sang des zélés serviteurs
Tombés sous le couteau des brames imposteurs ?
Non, il leur faut encor de plus grands sacrifices !
Et ces infortunés en étaient les prémices.
De farouches soldats, à pas précipités,

S'élancent l'œil en feu, les bras ensanglantés.
Quel carnage va naître au sein de ces murailles ?
Les voyez-vous courir semant les funérailles ?
Tout tombe sous leurs coups ; ils s'abreuvent de sang,
Ils frappent à grands cris le faible et l'innocent.
Rien ne doit mettre fin à ces horribles fêtes,
Tant que l'abîme affreux n'est pas comblé de têtes.
Voilà, comme à Bénin, du fond de leurs tombeaux,
Les rois de leurs sujets sont encor les bourreaux.

UN VIEILLARD.

Que nous sommes heureux !

SILVAIN.

                    Ces coutumes barbares
Se retrouvent aussi chez les hordes tartares.
En tous temps, en tous lieux la frêle humanité
Est le jouet sanglant de la férocité.

LÉON.

Nous vîmes ces horreurs chez les tribus sauvages
Dont l'immortel Génois découvrit les rivages.

NORVENT.

De Somanacodôm j'ai vu les sectateurs
Accourir à la voix de prêtres imposteurs,
Traînant un char de bronze, et, sur ce char énorme,
Un colosse d'airain, bizarre, immense, informe.
Je l'aperçois encor ; d'horribles ossements,
De ce culte effroyable atroces monuments,
Entrelacés au nœud d'une couleuvre impure,
De ce dieu détesté composent la ceinture.

Des torches, des poignards, éclatent dans ses mains,
Avec le joug de fer qu'il apporte aux humains.
A son col pour collier pendent toutes les têtes
Des malheureux sans nombre immolés dans ses fêtes.
Des serpents hérissés lui servent de cheveux,
Dans sa gueule béante où brillent mille feux,
Palpitantes encor gémissent les entrailles
Des captifs échappés au glaive des batailles.
Vous ne pouvez pas croire à ces affreux récits?
Attendez : sur le char les prêtres sont assis :
La masse énorme roule, et la foule abusée
Se jette sous la roue, y périt écrasée,
Et croit que le Très-Haut, sur de pareils forfaits,
Attache en souriant des regards satisfaits,
Lui dont l'amour conserve, embrase tous les êtres,
Et qui de ces faux dieux saura punir les prêtres.

GERMAINE, au Pasteur.

Ministre révéré d'un Dieu mort sur la croix,
Tels ne sont point ses vœux, ni ses touchantes lois!

FRANVAL.

J'ai vu le grand Lama, sur la foule tremblante,
Épancher à longs traits sa faveur insolente,
Et, spectacle honteux! des sectateurs obscurs
Se barbouiller le front de ses présents impurs...
Non : point de cruautés, d'excès, de ridicules,
Qui ne règnent, hélas! sur ces peuples crédules.

TIBURCE.

Jours de notre départ! scènes de désespoir!
Nos amis, nos parents, je crois encor les voir...

Dieux! vous en souvient-il? Que de larmes amères!
Nos pères gémissaient... nos malheureuses mères!...

ALFRED, l'interrompant.

Mais fallait-il laisser envahir nos sillons?
Aux chants de liberté, nos jeunes bataillons
S'élançaient à l'envi, bondissant d'allégresse.
Jamais rien n'égala cette héroïque ivresse!
Mourir pour sa patrie est un sort plein d'appas!
Tous se précipitaient au-devant du trépas!
Que ne peut la valeur? tout fléchit devant elle.

UN DES VIEILLARDS.

Héros! vous lui devez une gloire immortelle.

TIBURCE.

Eh! la gloire jamais fut-elle le bonheur?
J'applaudis au guerrier qui, dans les champs d'honneur,
Ivre d'un saint amour, combat pour la patrie:
Mais d'un tyran cruel seconder la furie
Et porter en tous lieux le carnage et la mort,
Au fond d'un cœur humain doit plonger le remord.

LE VIEILLARD.

Aussi maudira-t-on l'ambition profonde
De tout monstre effréné qui, ravageant le monde,
Asservit son pays, foule toutes les lois.

UNE MÈRE.

Que de larmes, de sang coûtent de tels exploits!

LE PASTEUR.

Le coup qui de Valsin trancha la destinée,
Dans le tombeau plongea sa mère infortunée.

TIBURCE.

Celle de Théodule a longtemps de ses cris
Fait retentir, hélas! les échos attendris.

UNE MÈRE.

Et celle de Nerval, et celle de Texandre,
Au cercueil, chaque jour, menacent de descendre.

JUDITH, bas à Volny.

On nous parle beaucoup des peines des parents.
N'est-il pas des chagrins encor plus déchirants?

VOLNY, bas à Judith.

Des cœurs qu'amour unit les cruelles alarmes
Déchirent plus encor.

JUDITH, bas.

Que j'ai versé de larmes!

VOLNY, bas.

Jamais autant que moi... Pleurs et cris superflus!
Il fallut te quitter...

JUDITH, bas.

Tu ne partiras plus.

VOLNY, bas.

S'il le fallait encor, ah ! j'en perdrais la vie.

JUDITH, bas.

De la mienne ta mort serait bientôt suivie.

FERNAND.

D'Aboukir, je poursuis la horde des déserts
Jusque dans sa retraite, et tombe dans les fers.
Puis, je cache mes jours dans les forêts profondes,
Et du fond des forêts m'élance sur les ondes.
Au sein de l'océan un perfide nocher,
Pour nous livrer encor, contre un affreux rocher
Nous pousse... Je le vois : prompt comme la tempête,
Je m'arme, et, dans les airs, je fais voler sa tête.

SYLVAIN.

Des steppes de l'Asie aux cimes de l'Atlas,
Les despotes creusaient des piéges sous nos pas.

NORVENT.

La liberté, toujours objet de mon étude,
M'occupait, et j'ai vu, qu'avec la servitude,
La férocité règne aux antres africains.

MONTCALME.

Une liberté vierge aux champs américains.

LAURENCY, à Norvent.

Chez les peuples bronzés dont tu traces l'histoire,
Aux fiers combats succède une atroce victoire.

6.

Point de grâce : la mort serait une faveur ;
Il faut sur le captif assouvir sa fureur,
Avec le fer, la flamme, on déchire, on torture ;
Des supplices sans fin font frémir la nature.
J'ai vu... Qu'allais-je dire ? effroyables tableaux !
Vous cherchez des guerriers, vous trouvez des bourreaux.
Un tigre de sa soif apaise au moins la rage,
Le carnage chez eux excite le carnage.

CARLE.

Arrêtons, mes amis : sans doute des humains
Trop souvent, il est vrai, le sang rougit les mains.
Mais ne craignez-vous pas qu'une telle peinture
N'avilisse les traits de l'humaine nature ?
Nous-même en ce moment nous tombons dans l'excès ;
De la misanthropie évitons les accès.
Aux bords du Sénégal, comme aux plaines du Gange,
De vices, de vertus, tout cœur est un mélange.
Sous les cieux tout d'airain, dans maint et maint climat,
J'ai vu l'humanité dans son plus pur éclat.
L'heureux Vanaprastas, roi de la solitude,
De l'hospitalité fait sa plus chère étude ;
Cherche le voyageur, veille à tous ses besoins,
Le guide en sa chaumière et l'accable de soins.
Le Guèbre, le Parsis, les Banians, le brame
Qui, dans les animaux, voient palpiter leur âme,
Les aiment tendrement, volent à leur secours,
Se dépouillent de tout pour prolonger leurs jours.
Aussi, lorsque l'Anglais, armé de son tonnerre,
Aux oiseaux dans les champs a déclaré la guerre,
Les voyez-vous courir, l'argent, l'or à la main,
Pour racheter leurs jours de ce cœur inhumain ;

Et quand ils n'ont pas d'or, peignez-vous leurs alarmes.
Ils tombent à genoux, versent des flots de larmes.
Dans plusieurs régions, pour tous les animaux,
Ou malades ou vieux, j'ai vu des hôpitaux.

ARTHUR.

Mais nulle part, hélas! dans leurs champs, dans leurs villes,
Tes yeux n'ont rencontré de ces touchants asiles,
Où chez nous, mes amis, la douce piété
Veille avec tant d'amour la triste humanité,
Qu'image de son Dieu, la tendre bienfaisance
A partout consacrés à l'humaine souffrance.

UN VIEILLARD.

Carle, amis, a raison; vous chargez les tableaux,
La haine dans le fiel a trempé vos pinceaux:
Des peuples basanés les guerres sont atroces,
Les cultes odieux, les lois, les mœurs féroces.
Mais quoi! si dans leurs cœurs règne l'humanité,
Ils n'ont pas moins de droits à la félicité.

LAURENCY.

Non : ne le pensez pas; ces peuples sont barbares,
Stupides, orgueilleux, non moins lâches qu'avares;
Vous savez cependant où Dieu mit le bonheur;
Il en plaça la source au fond de notre cœur,
A l'ombre de l'hymen et sous un toit paisible,
Où règne, douce amie, une épouse sensible;
Et combien les cruels sont éloignés de nous!
Vils instruments des sens, les femmes à genoux,
Esclaves d'un mari, n'en sont point les compagnes;
Les soins intérieurs, les travaux des campagnes,

Il les charge de tout. Tandis qu'à nos festins,
Pour mieux les embellir, partageant nos destins,
Elles viennent s'asseoir ; que leur douce allégresse
Nous fait boire à longs traits une amoureuse ivresse :
Lui, morose et superbe, à ses tristes repas,
Égoïste convive, il ne les admet pas.
Réduites à servir où les nôtres commandent,
Derrière lui, debout, mornes, elles attendent
Qu'il donne le signal, et quand, rassasié,
Le brutal, par dégoût plutôt que par pitié,
Leur daigne abandonner les restes de sa table,
On souffre de le voir, la troupe déplorable,
Assise à terre, apaise avidement sa faim,
Et, muette, retourne à ses travaux sans fin.
« Ce n'est pas là le sort que ton cœur me destine,
Tout bas à son amant dit la jeune Ernestine.
— Toi, chère amante, esclave ! ah ! je serai le tien. »
Chers enfants, poursuivez cet aimable entretien !

ERNESTINE.

Il ne faut point d'esclave... ou l'être l'un de l'autre.

ALBIN.

Il n'est point de bonheur à comparer au nôtre.

ERNESTINE.

Au-devant de tes vœux tu me verras voler.

ALBIN.

Et moi, mon âme, en tout je veux te ressembler...
Quand, dis-moi, brilleront pour nous ces jours propices ?

ERNESTINE.

Mon père seul le sait...

ALBIN.

Moments pleins de délices !
Sans cesse auprès de toi... »

Puis ils parlent si bas...
Je prête en vain l'oreille, on ne les entend pas.

ALFRED, à Laurency.

Conviens-en, au milieu de ces hordes atroces,
Plus cruelles encor que les tigres féroces,
Les Faulis dans le sang ne baignent pas leurs mains.
Tous libres, tous égaux, compatissants, humains,
Ils contractent les nœuds d'une sainte alliance ;
Et, d'un trésor commun, fruit de leur bienfaisance,
Ils rachètent entre eux l'esclave, les guerriers
Par le sort, les combats, ravis à leurs foyers.
Aux lois de la nature ils se montrent fidèles,
Et pour mille vertus ils seraient nos modèles !

CARLE.

Par le sort des combats, vaincu, chargé de fers,
Je ne redirai point les maux que j'ai soufferts,
Un merveilleux concours d'aventures bizarres
M'ouvre un jour le palais d'un de ces rois barbares ;
Il m'appelle, j'avance ; étonné des discours
D'un esclave qui, loin d'implorer son secours,
Ne craint pas de tenir un superbe langage,
Il aime ma fierté, sourit à mon courage.

« Soyons amis! dit-il, en me tendant la main,
Révèle à l'ignorant les vœux du genre humain.
De l'Europe cent voix m'ont vanté les miracles,
Fais-nous de sa Thémis connaître les oracles,
De vos arts sur mon peuple épanche les bienfaits! »

Du monarque africain j'éclairai les sujets,
Lui-même le premier, avide de lumières,
Accueillait mes conseils, instruisait les chaumières.
J'ouvris dans son palais une école de Mars.
Tout prit un noble essor, les sciences, les arts.
Le commerce fleurit. La féconde industrie
De prodiges sans nombre enrichit la patrie.
Idole de la cour, au faîte des grandeurs,
Des rois de l'Orient j'étalais les splendeurs.

LE PÈRE.

Tu tenais dans tes mains les rênes d'un royaume,
Et te voilà, mon fils, sous l'humble toit de chaume.

CARLE.

Que dites-vous, mon père? Ah! ne me plaignez pas!
Le chaume a pour mon cœur d'invincibles appas;
Je pouvais avec lui partager la couronne,
Mais le chaume à mes yeux est plus beau que le trône.

DULAC.

Combien j'ai vu de rois, ou mieux de roitelets,
Aussi pauvres que moi, et qui, pour tout palais,
Ne possèdent, hélas! qu'une modeste hutte:
Aux plus cruels besoins leur grandeur est en butte.

UN VIEILLARD.

Royauté misérable !

AUTRE VIEILLARD.

Oui, malgré bien des maux,
Nous sommes plus heureux au sein de nos hameaux. »

Seconde Veillée.

JUDITH, à Yvan.

On nous a dit les maux que ton cœur a soufferts,
Et comment, juste enfin, le ciel brisa tes fers.
Achève...

YVAN.

Des humains je fuyais les asiles.
Car, plus d'abri pour moi dans l'enceinte des villes.
Loin même des hameaux, j'erre parmi les monts,
Me cache sous les rocs, dans les marais, les joncs,
Refuges dangereux, effroyables repaires,
Où veillent les boas, les atroces vipères,
Les caïmans, l'aspic, les tigres dévorants.

L'Inde, hélas ! ne nourrit que monstres, que tyrans.
Longtemps je parcourus ce funeste royaume :
Et partout, dans les champs couverts de toits de chaume,
Comme au sein des cités où mes tristes regards
Ont vainement cherché quelques traces des arts,
Qu'ai-je vu ? Juste ciel ! dans leurs humbles retraites,
Le pauvre laboureur, les artisans honnêtes,
Sous le poids du mépris, nus, pâles, décharnés,
Implorent le trépas, malheureux d'être nés.
Et cependant, grands Dieux ! en quel climat du monde,
Le ciel est-il plus doux ? la terre plus féconde ?
La Nature fertile y verse à pleines mains
Les trésors dont elle aime à combler les humains.
Magnifiques forêts, verdoyantes prairies,
Ruisseaux, fleuves et lacs, éclat des pierreries,
Les plus rares parfums, les plus riches métaux !
Quels fruits ! quelles moissons ! voyez ces végétaux,
Les superbes palmiers, aux tiges droites, nues,
En colonnes d'airain s'élançant dans les nues,
Étalent dans les airs leurs vastes éventails,
Au sein des minarets, des bazars, des sérails.
Et sur les bords du Sind, dans les plaines du Gange,
Ils offrent à ma vue un coup d'œil plus étrange :
Tableau qu'ici mes yeux n'admireront jamais,
Des forêts, dans les airs, planant sur des forêts.
Pour l'homme quel trésor ! Ils lui donnent l'ombrage !
D'un vin, d'un lait exquis le précieux breuvage,
Sa cabane, son toit, les plus sains aliments,
Et leur écorce enfin lui sert de vêtements.

JUDITH.

De ces brillants climats j'admire la peinture ;

Mais avec tous ces dons de la riche Nature
Comment le peuple, Yvan, est-il si malheureux ?
Qui détruit tant de biens ? —

YVAN.

Le despotisme affreux !
Son souffle est dévorant : il flétrit, empoisonne
L'homme, les animaux, tout ce qui l'environne.
Oui, les peuples de l'Inde, innocentes tribus,
Accablés de mépris, écrasés de tributs,
Désertent les hameaux, abandonnent les villes ;
Loin des champs, envahis par les ronces stériles,
Emportent leurs enfants, se sauvent aux forêts,
Sous des antres affreux, dans le fond des marais.
Chaque jour, on les voit, ainsi que leurs ancêtres,
Pour échapper au joug de leurs coupables maîtres,
Qui, pensers déchirants, sans pitié, sans remord,
Prennent sur eux le droit et de vie et de mort,
Confier leur famille à des bêtes féroces,
Moins cruelles encor que ces maîtres atroces.
Ils ne se trompent pas. J'en fus témoin : cent fois
Réfugiés comme eux dans l'épaisseur des bois,
Auprès d'eux, j'ai dormi, dans les branches touffues
Des arbres élevés dont le front touche aux nues.
C'est ainsi qu'on échappe aux tigres dévorants
Sans échapper toujours à ces cruels tyrans.
Un matin, des Naïrs, nobles de ces contrées,
Sur l'arbre font pleuvoir cent flèches acérées.
Trois de nos compagnons tombent morts sous leurs coups,
Le reste fond en pleurs : enflammé de courroux,
Je pousse un cri, descends, ou mieux me précipite.
Les brigands ont cherché leur salut dans la fuite.

Cinq osent faire front : je vole, les atteins ;
De mon sang et du leur, nos fers déjà sont teints :
Je frappe, deux d'entre eux ont mordu la poussière ;
D'un autre encor la mort a fermé la paupière.
Lâches brigands, mon bras vous eût tous immolés !
Mais voilà que soudain à mes regards troublés,
Une foule innombrable inonde au loin la plaine,
M'entoure, me saisit ; on me charge de chaîne.
Mon procès est instruit : les plus affreux tourments
Où de la cruauté tous les raffinements
Sont épuisés pour moi, se préparent : à l'heure
Où le fatal arrêt ordonne que je meure,
On me traîne au trépas. Pour arriver aux lieux
Que le crime a rougis de son sang odieux,
Il fallait traverser un torrent effroyable.
Sur un arbre on franchit l'abîme épouvantable.
J'arrive, me débats, renverse mes bourreaux,
Et d'un saut, m'élançant, disparais sous les flots.
Mon trépas semble sûr. Mais la vague rapide,
M'emporte, en mugissant, vers la plaine liquide.
Le jour, la nuit, je vogue au sein des flots amers,
L'aurore me revoit errant aux bords des mers.
Des bourreaux échappé, je tombe aux mains des prêtres.
Selon l'usage affreux de leurs cruels ancêtres,
Les peuples de ces bords devaient sur leurs autels,
Immoler à leurs Dieux le premier des mortels
Qu'entre leurs mains jetaient les flots ou la tempête.
Victime couronnée, on parfume ma tête,
On m'offre de l'encens, des fruits, des fleurs, du miel.
Touché de tant de soins, j'en rendais grâce au ciel,
Quand un prêtre sur moi lève, à grand bruit, la hache.
Aussi prompt que l'éclair, de sa main je l'arrache,

Le frappe, et d'un seul coup l'étends mort à mes pieds.
A cet aspect : quels cris ! les peuples effrayés,
Se dispersent au loin et me livrent passage.
Des prêtres, aux forêts, moi, j'élude la rage.
Repaires effrayants ! vous fûtes mon salut ;
Dans vos sombres détours j'errai longtemps sans but.
La nuit, quand je trouvais une grotte profonde,
J'attendais que le jour vînt éclairer le monde ;
J'y reposais à peine, et, la hache à la main,
Le jour, dans les halliers, je m'ouvrais un chemin.
Aux tigres, aux lions, disputant une vie
Qui, vingt fois, sans l'amour, m'aurait été ravie. »
Et le brave, à ces mots, embrasse avec transport
La beauté qui pleurait. « Enfin je touche au port.
L'aurore, jour heureux ! dissipant les étoiles,
De la France à mes yeux découvre au loin les voiles.

FLORVAL.

Captifs, de l'Orient vous avez vu les mers,
Les nombreuses cités, les forêts, les déserts.
Le sort vous promenait de rivage en rivage !
Et vous osez gémir des maux de l'esclavage !
Cependant, sous le joug de maîtres odieux,
Vous jouissiez encor du doux aspect des cieux !
Aux plages d'Arkhangel, vers l'âpre Sibérie
Où l'éternel hiver exerce sa furie ;
Où, spectacle de mort, aux yeux épouvantés,
S'offrent de toutes parts des champs nus, dévastés,
Je fus esclave aussi : mon maître, cœur barbare,
Me plonge dans le fond d'un ténébreux Tartare,
Gouffre horrible, glacé, plein de brouillards impurs,
Qu'éclairent faiblement des feux pâles, obscurs,

Et que, hideux objets, habitent des fantômes
Tels qu'on en voit errer dans les sombres royaumes,
Les yeux hagards, armés d'horribles instruments
Contre eux-même inventés pour leurs propres tourments,
Des barres, des marteaux, des pics et des tenailles.
De la terre alarmée ils fouillent les entrailles,
Entr'ouvrent les rochers, tirent avec efforts
Le plomb, l'airain, le fer, sacriléges trésors;
Dans l'abîme profond creusent d'autres abîmes
Dont les infortunés périssent les victimes.
Car la terre s'indigne; elle lance contre eux
D'homicides vapeurs, des tourbillons de feux,
Dont l'horrible volcan, bouleversant les roches,
Frappe les malheureux qui tentent leurs approches,
Et dont les corps sanglants et les membres épars,
Pantelants, déchirés, gisent de toutes parts.
Soumis à leurs travaux, comme eux chargé de chaînes,
J'ai longtemps habité ces villes souterraines,
Les maisons, ou plutôt les réduits, les grabats,
Dans le roc vif creusés, où les pauvres forçats
Trouvent les instruments à leurs travaux propices.
Mais dans la nuit sans fin de ces noirs précipices
Où de l'astre du jour la brillante clarté
Ne pénétra jamais l'affreuse obscurité,
Infortunés dont rien n'égale la misère,
Le malade, l'enfant, privés de la lumière,
Languissants et couverts de fétides lambeaux,
Descendent lentement dans l'ombre des tombeaux.
C'est là que chaque jour à mon âme flétrie
S'offrait le souvenir de ma belle patrie.
Courbé sur mon travail, les yeux baignés de pleurs :
« Champs embaumés, disais-je, étincelantes fleurs!

Bocages enchantés, ombres de nos montagnes !
Antres de nos rochers ! vallons ! douces campagnes !
Ruisseaux ! lacs argentés ! verdoyantes forêts !
Ne vous verrai-je plus ? O douleur ! ô regrets !
Mes tristes compagnons, attendris de mes larmes,
M'invitaient à chanter la campagne et ses charmes.
D'un favori du Pinde autrefois nourrisson,
J'écoutai les accents et redis la chanson :

« Ah ! si j'avais une chaumière !
Je n'irais pas dans les guérets,
Sur les coteaux, par les forêts,
Armé du fracas du tonnerre,
Aux légers oiseaux dont la voix
Enchante les échos des bois,
Porter l'épouvante et la guerre !

» Ah ! si j'avais une chaumière !
Les hameaux ne me verraient pas
Au bord de la source profonde
Offrir de perfides appâts
Aux muettes tribus de l'onde !
Des oiseaux dans les bois épais,
Non plus que des tribus muettes
Dans leurs cristallines retraites
Je ne troublerais pas la paix.

» Dès les premiers feux de l'aurore
Aux derniers rayons du couchant,
Du Dieu que l'Univers adore
Je répète l'hymne touchant.
Transporté d'une sainte ivresse,

Automne, Hiver, Printemps, Été,
Je célèbre mon allégresse,
Je chante ma félicité,
Et les oiseaux et les abeilles,
Et des cieux et des mers les fécondes merveilles !

» Tant de beautés vers son auteur,
Enlèvent, transportent mon âme
Dans un océan de bonheur !
Au sein de l'éternel Moteur,
Elle prend des ailes de flamme...
Mais que fais-je ? Vœux insensés !
Où s'égarent mes rêveries ?
Azur des cieux ! vertes prairies !...
Laissons, laissons de tels pensers :
Hélas ! à mon heure dernière,
Tournant des yeux éteints sur les vallons, les bois,
Je vais redire encor d'une mourante voix :
Je n'ai pas une humble chaumière ! »

SIMÉON.

Par quel effort d'esprit, quel effort de vertu,
A ce gouffre de maux, mon frère, échappas-tu ?

FLORVAL.

L'esclave infortuné travaillait sans relâche,
Mais le maître exigeant, pour aggraver sa tâche,
Dans l'abîme, voisin de l'empire des morts,
Descend, et le barbare y sévit sans remords.
Quand soudain, ô terreur ! de toutes parts les ondes
Fondent avec fracas dans ces prisons profondes,

Et le maître et l'esclave y trouvent leurs tombeaux.
Jeune, j'avais appris à subjuguer les flots :
Je nage, je m'élève, et l'étroite ouverture
Des portes du trépas me rend à la Nature.

LE PASTEUR.

Vous avez parcouru de vastes régions :
Instruits des mœurs, des lois et des religions,
Quels fruits rapportez-vous de vos lointains voyages ?

LES GUERRIERS.

Le mépris pour les sots, le respect pour les sages,
Et le plus ferme espoir que le jour qui nous luit,
De gothiques erreurs dissipera la nuit.

LE PASTEUR.

Vîtes-vous, dites-moi, quelque terre ignorée,
Où l'image d'un Dieu ne fût point adorée ?

LES GUERRIERS.

En Afrique, en Asie et dans l'autre univers,
Toutes les nations, sous mille noms divers,
Adorent le grand Dieu qui créa tous les êtres.

LE PASTEUR

(à demi-voix et en gémissant).

Et qu'outrage souvent l'avarice des prêtres.

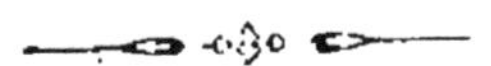

Alcime

ou

L'ÉDUCATION DES HAMEAUX.

Muse, élève ta voix : tu chantes les villages,
Que tes chants ennoblis soient dignes de nos sages.
Dis-nous comment l'un d'eux, au milieu d'un hameau,
Des arts consolateurs transportant le flambeau,
Heureux en son exil, adoré des chaumières,
D'un siècle étincelant y versa les lumières.

Le deuil régnait au loin : les enfants de Palès
Qu'épuisait de labeurs le faste des palais,
Gémissaient accablés du poids de leur souffrance.
Noble, illustre héritier d'un nom cher à la France,
Alcime, dès longtemps témoin de leurs douleurs,

Ne se contente plus de répandre des pleurs.
Sensible, et malheureux du sort qui les opprime,
Il jure de tenter un effort magnanime.
Soudain il part : il va de la pitié des cœurs
Pour le faible implorer de généreux secours.
« Ah ! disent des hameaux les tribus éplorées,
Chaque jour nous versons des larmes ignorées.
Mais il va les tarir : sa voix, sa noble voix
Saura toucher pour nous le plus juste des rois.
Son cœur est éloquent : si le ciel nous l'envoie,
C'est pour nous dispenser des jours d'or et de soie.
Espérons désormais les plus heureux destins. »
Tous les vœux le suivaient dans ces climats lointains.
C'était un dieu pour eux : son nom dans leurs prières
Vers le ciel s'élevait des temples, des chaumières,
Et bientôt, quelle joie et quel ravissement !
Le bruit s'est répandu qu'Alcime, incessamment,
De ses nobles aïeux reverra le domaine :
« Il revient, disent-ils, le ciel nous le ramène ! »
Vers l'antique château, radieux, triomphants,
Des paisibles hameaux accourent les enfants.
Mais la joie a fait place aux cruelles alarmes,
Et ce moment, pour eux si doux, si plein de charmes,
D'un nuage sanglant couvre l'aspect des cieux,
Et des ruisseaux de pleurs coulent de tous les yeux.
Alcime est exilé !... Sans amis, solitaire,
Par l'ordre du visir, il se rend dans sa terre.
« Il vient donc, disaient-ils, aggraver les malheurs
De ceux dont il devait soulager les douleurs. »
Il arrive, on l'entoure, on sanglote, on le presse :
La mort d'un père, hélas ! cause moins de tristesse.
Seul, d'un pareil revers il n'est point abattu :

Il leur sourit, leur parle, et sa mâle vertu
Verse en eux ce courage, et cette force d'âme,
Et ce feu créateur, qui lui-même l'enflamme :
« Enfants, adorons Dieu ! soyons soumis aux lois,
Et, comme aux magistrats, leur dit-il, à nos rois.
En vouant le respect, n'attendons rien des hommes.
Qu'avons-nous besoin d'eux ? Ils sont ce que nous sommes.
Élevés dans mon sein, vous êtes mes amis.
Vos oppresseurs, enfants, seront mes ennemis.
Il faut, ainsi le veut l'éternelle justice,
Repousser les efforts d'un injuste caprice.
Je saurai vous défendre : il m'eût été plus doux,
Le ciel m'en est témoin, de répandre sur vous
D'un monarque chéri les secours tutélaires :
Mais la vive amitié que je porte à mes frères,
Des royales faveurs aura tous les effets. »
Et déjà les hameaux, adorant ses bienfaits,
De ses mains ont reçu les fruits de l'industrie,
Les conquêtes des arts, celles de la patrie !
Les superbes béliers, les fécondes brebis
Dont l'Èbre avec orgueil nous vante les habits ;
La chèvre précieuse à la robe de soie,
Que l'Inde, non moins fière, à grands frais nous envoie,
Et montre par quel art les prés les plus ingrats
Se revêtent soudain de pâturages gras ;
Comment l'une par l'autre on corrige les terres,
Qui, devenant ainsi des engrais salutaires,
Tout à coup font jaillir de la stérilité
Des prodiges de vie et de fécondité ;
Comment l'humble Naïade, en canaux divisée,
Fait glisser sous le sable une fraîche rosée ;
Comment on coupe un roc, comment de nos guérets

L'épi fécond proscrit le chêne des forêts;
Et comment dans leurs champs, des peuplades nouvelles
Offrent aux laboureurs les plus riches javelles.
Il ôte de leurs mains ces longs, ces lourds fléaux
Qui de l'hiver, pour eux, bannissaient le repos,
Leur donne le battoir; et tandis que naguère
Il fallait à l'épi déclarer une guerre
Qui, source de sueurs et d'horribles fracas,
Aux fermiers imposait la tâche de forçats,
Grâce aux heureux battoirs, chars légers et fragiles
Que fait voler sur l'aire un des coursiers agiles,
Le fermier, bras croisés, du seuil de sa maison,
En riant voit jaillir le grain de sa prison.
Que dirai-je de plus? Moderne Triptolème,
Alcime enfin prodigue à ce peuple qu'il aime,
Bienfaisant arsenal, les instruments nouveaux
Qui, du peuple des champs abrégeant les travaux,
Et remplacent les bras, et travaillent pour l'homme,
Le char armé de faux, le semoir économe,
Et le crible qui, seul, mieux que les larges vans,
Recueillant le bon grain, livre la paille aux vents.
Alcime à de tels soins ne borne point sa tâche.
Il en est de plus grands où son grand cœur l'attache.
Il veut que désormais, dans toute sa clarté,
Brille aux yeux des hameaux la douce vérité,
Trop sûr que l'ignorance est une source immonde
Des crimes, des malheurs qui désolent le monde.
Aussitôt, à sa voix, utile amusement,
Aux hameaux s'établit ce noble enseignement,
Où l'enfant, tour à tour écolier plein de zèle,
Ou grave précepteur, au moniteur fidèle,
Étudie en jouant, et, prompt à concevoir,

Soudain rend la leçon qu'il vient de recevoir.
La jeunesse elle-même en est émerveillée.
Et lorsque, les hivers allongeant la veillée,
Les pâtres, les fermiers, au plus noble plaisir,
Guidés par les enfants, consacrent leur loisir,
Il met entre leurs mains les écrits de ces sages
Dont la vie et la mort ont su, dans tous les âges,
Pour les guider, servir d'exemples aux mortels,
Vrais trésors de l'esprit, dignes de nos autels.
Ces écrits précieux, dictés par la Nature,
Versent dans tous les cœurs une morale pure.
Voyez-en les bienfaits. Entendez-vous ces chants
Variés et joyeux, sublimes et touchants,
Qu'au sein de leurs travaux les peuplades agrestes
Élèvent de concert jusqu'aux voûtes célestes ?
Aux premiers feux du jour, tous les vieillards en chœur :

« Adorons l'Éternel ! qu'il règne en notre cœur !
Soleil, père du jour, toi, sa brillante image,
Tu dispenses ses dons, offre-lui notre hommage !
Aimons-le, chers enfants ! Il créa l'univers,
Il embrasse en son sein tous les peuples divers.
En lui nous respirons : il soutient tous les êtres,
Et veille avec amour sur nos labeurs champêtres ! »

A l'appel des vieillards, à leurs pieux accents,
Les bergers à l'envi répondent par ces chants :

« Honorons l'Éternel ! honorons la vieillesse !
Les vieillards ont des dieux la sublime sagesse !
De la vie ils ont vu les assauts, les combats,
Et de près, mille fois affronté le trépas.

A l'ardente jeunesse, à la timide enfance,
Ils ouvrent les trésors de leur expérience.
Sous les coups du malheur, lorsque l'homme abattu,
Sent fléchir son courage, expirer sa vertu,
A l'aspect du vieillard, dont la voix le ranime,
Il se relève et tente un effort magnanime.
A la terre ils sont près de faire leurs adieux.
Leur gloire en est plus grande ; ils sont si près des cieux !
Vous à qui nous donnons le doux titre de père,
Vieillissez pour goûter un sort aussi prospère.

LES VIEILLARDS.

Enfants, que l'Éternel à son gré de nos jours,
Ou prolonge la trame, ou termine le cours !
Soumis et résignés, à sa volonté sainte
Pourrions-nous opposer le murmure et la plainte ?
Ah ! nous sommes heureux, des mortels bienfaisants
Nous font aimer le ciel et bénir leurs présents.
Plus heureux mille fois que nos faibles ancêtres,
Qu'enchaînaient à leur joug d'impitoyables maîtres,
Si de cruels tyrans vous étaient destinés,
Vous en garde le ciel ! qu'après nous vos aînés,
C'est notre unique vœu, détournent de leurs frères
L'esclavage honteux et les longues misères !
Oui ! qu'avant de servir, ils souffrent mille morts !
L'esclave est un pervers que poursuit le remords. »

A ce cri des vieillards, la bouillante jeunesse :

« Nous ne trahirons point ce noble droit d'aînesse.
Instruits par vos malheurs, ô vertueux parents,
Nous dirons comme vous : Guerre, guerre aux tyrans !
Sous l'égide des Dieux, armés par la Nature,

Nous saurons dissiper la nuit de l'imposture.
Et si, pour la combattre et défendre nos droits,
Il faut nous séparer de nos rustiques toits,
Nous quitterons nos champs, nous fuirons aux montagnes,
Et, traînant dans l'exil nos fils et nos compagnes,
Guidés par la déesse aux accents belliqueux...
Nous saurons triompher ou périr avec eux. »

Et soudain, à ces mots, comme au signal d'alarmes,
Brandissant de Cérès les pacifiques armes,
Vieillards, femmes, enfants, dans les guérets épars,
Font entendre ce cri lancé de toutes parts :

« Fille de l'Éternel, vierge auguste et féconde,
Triomphe, ô Liberté ! Dieux ! épargnez au monde
Des scènes de carnage, et de sang, et d'horreurs.
Loin de nous les combats et les sombres terreurs !
Dieu de miséricorde, inspirez à nos maîtres
Le goût des plaisirs purs et des travaux champêtres :
L'homme au milieu des champs, des vergers et des bois,
Mieux qu'au sein des cités, obéit à vos lois.
Là, ses désirs sont purs, ses besoins peu de chose.
Heureux et satisfait des biens dont il dispose
Et qu'il voit tous les jours éclore entre ses mains,
Il veut les partager avec tous les humains.
Cultivez donc vos champs, ô peuplades rustiques,
Chez vous règnent la paix et les vertus antiques ! »

A ces mots, pénétrés d'une nouvelle ardeur,
Tous, riants et joyeux, reprennent leur labeur.
Alcime les seconde, et, dans toutes les âmes,
De l'émulation versant les nobles flammes,

En faveur des travaux dont lui-même est épris,
Fonde, établit des jeux, des fêtes et des prix.
C'est ainsi qu'autrefois, dans ses beaux jours, la Grèce,
Sous les regards d'un peuple enivré d'allégresse,
Aux favoris de Mars décernait les honneurs;
Cérès couronne ici de paisibles vainqueurs.
Des vieillards du hameau l'auguste aréopage
Donne le plus beau prix, le sceptre du village,
A l'actif laboureur dont les essais nouveaux
Des fils de Triptolème abrégent les travaux;
Un crible, une charrue et deux taureaux superbes,
Au fermier dont le champ donna le plus de gerbes.
L'art de faire le bien est le premier des arts :
Ce céleste besoin transforme, à ses regards,
Le désir en talent, le talent en mérite :
Pour répondre à ses soins, on s'enflamme, on s'irrite.
Pour les récompenser, ce père généreux
Demande à ses enfants qu'ils daignent être heureux.
Et, comme tous les cœurs ont pour but de lui plaire,
Chacun reçoit enfin sa palme et son salaire,
Et de ses fils lui-même il obtient à son tour
Le plus noble des prix, la tendresse et l'amour.
Tous, comblés des présents de sa munificence,
Entonnent l'hymne saint de la reconnaissance.
Voyez ce peuple heureux, qu'il nomme ses enfants,
A l'envi le porter sur ses bras triomphants!
Comme sur son passage on accourt, on s'empresse!
Quel délire, grands Dieux! quels transports d'allégresse !
La joie universelle éclate en cris, en pleurs,
Et ces larmes, ces cris, et l'encens, et les fleurs
Disent à l'Éternel : «Dans ta bonté suprême,
C'est ton image, ô Dieu ! c'est un père qu'on aime ! »

Grands de la terre, et vous, favoris de Plutus,
Du généreux Alcime imitez les vertus.
L'éclat vous sourit-il? adorez-vous la gloire ?
Nul chemin n'est plus doux au temple de Mémoire.
Vous perdez votre vie à chercher le bonheur.
Follement caressés d'un rêve séducteur,
Vous en reconnaîtrez, mais trop tard, l'imposture.
Il n'est pas de bonheur où n'est pas la Nature.
A faire des heureux mettez donc vos plaisirs.
Le ciel, de voluptés comblera vos loisirs.
Vous coulerez en paix des jours dignes d'envie,
Et la plus douce mort, fruit d'une belle vie,
Couronnera vos jours, et, sur votre tombeau,
Qu'ils baigneront de pleurs, les enfants du hameau
Au voyageur diront : « Passant, fais ta prière,
Ici repose en paix le dieu de la chaumière. »

NOTES.

L'esclave est un pervers que poursuit le remords.

Ce vers a paru obscur ; mais Duclos n'a-t-il pas dit : « Ce ne sont
pas les tyrans qui font les esclaves ; ce sont les esclaves qui font les
tyrans... »

Et Chénier :

Ainsi que le tyran, l'esclave est un impie
Rebelle à la Divinité ?

Lodoïska.

LES BERGÈRES DU JURA, aux filles de l'Abeille [1].

« Accourez, accourez, trop aimables compagnes!
        La Vierge qui du haut des cieux
Verse sur les guérets les épis précieux,
        Daigne sourire à nos campagnes;
        Et c'est la fête du Hameau. »

On y vole, et déjà, dans un temple de hêtres
        Et sous l'ombrage de l'ormeau,
Où naguères aussi s'égayaient les ancêtres
        Au son joyeux du chalumeau,

[1] Églogue détachée d'un poëme sur l'Éducation des Filles. L'Abeille est le nom de la directrice de la pension. Cette pièce a paru dans *la Mère institutrice*, Novembre, 1859.

Se mêlent les pipeaux champêtres.
Je ne décrirai point du peuple heureux des champs,
Et les naïfs ébats, et les plaisirs touchants.
Sur des gazons en fleurs, moelleux et doux théâtre,
    La jeunesse vive et folâtre
Qu'entoure des vieillards le cercle vénéré,
Ouvre ces jeux brillants dont elle est idolâtre,
Et que permet du ciel le ministre sacré.
Plus d'un berger aspire à la main de Victoire;
Mais Victoire a choisi, parmi d'anciens guerriers,
Le soldat laboureur, qui, dans les jours de gloire,
Sous son père autrefois se couvrit de lauriers,
Lorsqu'il guidait leurs pas aux cris de la victoire.

Et comme eux et près d'eux l'enfant s'égaie aussi.
Au milieu de l'essaim des plus jeunes bergères
    La vive et piquante Lucy
Déploie un pas brillant et ses grâces légères.

La danse cependant n'est pas le seul plaisir
    Auquel les filles de l'Abeille
    Consacrent un si doux loisir.

Lodoïska ! quel nom a frappé votre oreille ?
Et rêveuse, inquiète, où portez-vous vos pas?
Saisissant le moment qu'on ne l'observe pas,
Tout au fond du hameau, dans une humble retraite
Dont des tilleuls touffus, et de hauts peupliers,
Dérobent aux regards les toits hospitaliers,
Elle glisse, elle court, et, d'une main discrète,
    Ouvre le modeste réduit,
Entre, écoute, regarde et s'avance sans bruit.

A son aspect, l'anachorète,
D'une débile main ouvre ses cheveux blancs,
Et fléchissant soudain sur ses genoux tremblants,
Et poussant un grand cri : « Lodoïska!... princesse !...
O ma fille !... pardon... O ma jeune maîtresse !...
— O mon père, relevez-vous !
Lodoïska vous en supplie.
Illustre défenseur de ma triste patrie,
C'est à moi, c'est à moi, d'embrasser vos genoux!
Mon père, en est-ce fait?... Hélas! depuis l'enfance
Je pleure mon pays, nos lois, la liberté,
Nos citoyens tremblant sous un joug détesté!...
Ne vois-tu point d'espoir à notre délivrance?
Mon père, n'est-il point de terme à la souffrance?...

LE VIEILLARD.

Il faut subir le joug de la nécessité !...
Et bénissons encor la généreuse France !
Du despote du Nord l'implacable courroux
Nous croit ensevelis dans le dernier naufrage,
Et de sa haine ainsi nous évitons les coups.
Un mot peut rallumer la fureur de l'orage...
Sous un modeste nom vivez, vivez en paix.
Moi, je m'endormirai sous ces voiles épais...»
Et la vierge, à ces mots, verse un torrent de larmes.
« Que faites-vous, ma fille ? Ah ! calmez vos alarmes...
Silence... On vient... J'entends les enfants du hameau...»
Ils entrent en effet : « Bon ami, qui t'arrête ?
Eh quoi ! ne veux-tu point partager notre fête?...»
Et chacun à son tour : «Accepte ce gâteau.
— Tiens, voici le trésor que distille l'abeille.
—Des fruits de nos vergers reçois une corbeille. »

Et tous : « Viens, bon ami, le joyeux chalumeau
Déjà depuis longtemps appelle sous l'ormeau. »
Il voudrait demeurer; mais en vain : on l'entraîne.
Au vieillard chancelant qui s'avance avec peine
    La jeune vierge offre son bras,
    Et tandis que l'essaim frivole
En riant autour d'eux s'égaye, et chante, et vole,
La timide beauté va gémissant tout bas :
« Pour ce peuple la vie a-t-elle des appas !
Comme ils savourent tous le bonheur d'être ensemble !
    — Ah ! ne le leur reprochons pas !
Ils fêtent une fois le jour qui les rassemble.
Modeste dans ses vœux, simple dans ses désirs,
Si ce peuple a reçu le bonheur en partage,
En savez-vous la cause ? A l'exemple du sage,
Au sein de la Nature il puise ses plaisirs.
— Que ne suis-je une fleur née à l'ombre du chaume !
La pompe des palais, la suprême grandeur,
De la félicité n'offrent que le fantôme !
— Aux regards des enfants de cet humble royaume,
Voile, fille des rois, voile bien ta splendeur ! »
On arrive; et tous deux un moment ils s'éloignent,
Feignent de s'éloigner et bientôt se rejoignent;
Tout bas avidement reprennent un discours
Dont on vient mille fois interrompre le cours.
Quel contraste ! Partout l'allégresse et la joie !
Et deux infortunés au désespoir en proie !
Je les vois, je les suis de côté d'autre errants;
A tout ce qui se passe ils sont indifférents.
A la fille des rois, en glissant dans la foule,
Sans paraître y songer, le vieux guerrier déroule
De sa noble maison les lugubres destins,

Lui rappelle comment, dans cent climats lointains,
Il courut, il chercha, l'âme d'horreur flétrie,
Des appuis, des vengeurs à sa triste patrie.
« J'ai vu, dit-il, j'ai vu les antres des Lapons,
De l'antique Morven j'ai parcouru les monts,
Fatigué les échos, les glaces de Norvège,
Du Danois j'ai foulé la terre... Mais où vais-je,
De nouveau, m'égarant, et parmi les frimas,
Vous traînant avec moi de climats en climats,
Sans cesse poursuivi par la haine cruelle
Des ennemis puissants qu'exaspérait mon zèle ?
— Que vous avez couru de hasards, de dangers !
— C'était pour mon pays ! j'y trouvais mille charmes !
Déjouais des tyrans la puissance et les armes !
Que de fois, confondu parmi d'humbles bergers,
A la force opposant, et ruse et stratagème,
A mes persécuteurs je signalai moi-même
Les antres où la nuit on m'avait vu chercher
Un asile profond et propre à me cacher.
D'autres fois, unissant et la ruse et l'audace,
Esclave, je m'offrais pour épier ma trace.
A servir leurs projets je montrais tant d'ardeur,
Qu'aisément, que bientôt, aveuglant leur fureur,
D'esclave devenu secret dépositaire
Des complots que tramait un affreux ministère,
Ame de leurs conseils, je remuais les cours,
Contre eux-mêmes tournais les plus puissants secours,
Des ressorts de l'État, seul, moi seul, sans paraître,
Réglais les mouvements, commandais à mon maître.
Qu'on est bien inspiré quand on sert son pays !
Tous leurs desseins étaient déjoués ou trahis !
Vains efforts !... O patrie ! ô terre infortunée !...

Malheureux ! je luttais contre la destinée !
Pleurons, pleurons, princesse !...» Et comme il dit ces mots
A la fille des rois, un essaim des hameaux
S'adresse, la priant d'orner de sa présence
Un plaisir fait pour elle, « Où brillent à la fois,
     Lui dit une timide voix,
     Et les grâces et l'innocence. »

Des plaisirs !... Elle hésite et voudrait éviter...
Un signe du vieillard l'oblige d'accepter.
Elle cède ; on la guide ; à regret elle avance,
     S'efforce de sourire, et danse.
Mais son âme est en proie aux plus vives douleurs,
Et de ses yeux il tombe un nuage de pleurs.
Tel, quand pendant la nuit, la tempête et l'orage
Dans les riants vallons ont exercé leur rage,
Au retour désiré du rayon matinal,
Le lis voile l'éclat de son front virginal,
     Et sur l'herbe qui l'environne,
     Agité par l'aile des vents,
     Laisse pleuvoir de sa couronne
     Les perles et les diamants !

     Mais enfin la contrainte cesse.
Les pipeaux se sont tus, et les joyeux banquets
Ouvrent un autre cours à la franche allégresse.
La foule a du festin envahi les bosquets,
     Et là, dans ces repas champêtres
     Et sous ces verdoyants lambris
Où volent les bons mots, l'abandon et les ris,
Usage consacré par leurs sages ancêtres,
Seuls avec le pasteur, les vieillards sont assis.

Autour d'eux, pour servir, accortes et légères,
Circulent en riant, voltigent les bergères,
Offrant les fruits, le miel, la crème, les œufs frais ;
        Au lieu d'aï, de malvoisie,
Versant de leurs troupeaux la céleste ambroisie,
Doux trésors que le ciel leur cède à peu de frais.
A ce tableau touchant les filles de l'Abeille,
Comme elles, ont offert les savoureux gâteaux,
Ou, comme elles, gaîment promènent la corbeille
Où s'entassent les fruits, ornements des coteaux,
La pêche veloutée et la grappe vermeille,
        La fraise aux doux parfums,
        La rafraîchissante groseille,
Premiers mets des mortels dans leurs banquets communs.
Et l'appétit bientôt fuit devant l'abondance.
Chaque vieillard alors est orné d'un bouquet ;
Et comme le banquet a remplacé la danse,
        Les chants succèdent au banquet.
Écoutez... dans les airs la douce mélodie !
        Qui prélude ?... C'est Élodie...
        Quels sont les objets de ses chants?
Les éternels bienfaits des peuplades des champs ;
        Les sages, les anachorètes,
Près des hameaux plaçant leurs modestes retraites,
Et là, rassemblant tout, les cœurs simples, l'air pur,
        Et les solitudes muettes,
Et les eaux où des cieux se peint le vif azur.

A peine elle a cessé que l'altière Victoire
Célèbre les exploits, les héros et la gloire.
France ! elle dit les jours où l'on voyait tes fils
Du Tage à la Néva, du Niémen au Tibre,

Des colonnes d'Hercule aux plaines de Memphis,
A la terre annoncer un jour heureux et libre !
La victoire partout couronnait leurs drapeaux.
A ces mots les guerriers semblent chercher leurs armes,
Et, se levant ensemble : « O fille d'un héros !
Chante, chante, tes chants pour nous ont mille charmes !
Chante, célèbre encor les belliqueux travaux ! »

Et la vierge poursuit, et de pieuses larmes
En silence ont couvert la face des guerriers;
D'immenses souvenirs ils ont l'âme attendrie;
Ils gémissent des maux que souffre la patrie.
Peuvent-ils en effet contempler leurs lauriers
Quand leur gloire à leurs yeux est chaque jour flétrie[1] !

MALVINA.

Heureux le laboureur ! sous ces berceaux épais
La haine et les poisons ne troublent point sa paix !
Que faites-vous, Iseul ? quels lugubres accents !
Qu'entends-je ? Votre luth célèbre la vallée
Où, des fils du hameau, dort l'humble mausolée.
Une autre des guerriers calmera mieux les sens.

   Lodoïska saisit la lyre
   Et, d'un mystérieux délire,
Elle invoque en secret les transports ravissants :

   « Pompe des cours, splendeur du trône !
   Vous nous annoncez le bonheur !...
   Et l'éclat qui vous environne

---

[1] En 1815 — 16 — 17.

9

Est un éclat faux, suborneur !
Non, ne promettez plus des jours sereins, prospères!... »

Ainsi chantait Lara, Lara, fille des rois,
    Condamnée à fuir autrefois
Le palais orgueilleux habité par ses pères.

A l'aventure errant sur des bords étrangers,
    Elle n'échappe à la tempête,
A la foudre en courroux qui plane sur sa tête,
Qu'en empruntant le nom et les traits des bergers.
On l'accueille; elle brille au milieu de la fête,
Et, la lyre à la main, au peuple des hameaux,
Sous des noms déguisés elle dépeint ses maux;
Et, des palais altiers révélant les orages,
De la paix des hameaux encense les images:

« Quelle nuit tout à coup se répand dans les airs ?
    La foudre luit, l'orage gronde,
    Tout brille du feu des éclairs,
De quel désastre affreux est menacé le monde ?

» Hameaux, dormez en paix !... On a vu mille fois
Les mortels couronnés et les enfants des rois,
Errants et poursuivis de royaume en royaume,
Heureux de rencontrer un abri sous le chaume !...

    » Mais parlez : vîtes-vous jamais
Un enfant des hameaux, quittant l'humble chaumière
    Où ses yeux virent la lumière,
Demander un asile à l'orgueil des palais?

» Non : il ne quitte point sa demeure première ;
Dans une aimable paix y coule ses longs jours :
Comme le pur ruisseau, dont les eaux cristallines
Coulent en gazouillant sous des fleurs purpurines
Et dont rien n'a jamais altéré l'heureux cours.

» Chaque soir, au retour de sa tâche champêtre,
La porte qui s'ouvrait devant ses bons aïeux
    Ne manque point de réjouir ses yeux ;
Elle s'ouvre avec joie à l'aspect de son maître.
Sa femme lui sourit, et ses heureux enfants
Recherchent à l'envi ses regards triomphants.
Quel charme pour son cœur ! Partout la gaîté brille !
    Ainsi sous les chaumes épais
La joie et l'abandon, l'innocence et la paix !
Sa fille le caresse, il embrasse sa fille !
Pure félicité ! bonheur de la famille !
Douce image, avant-goût du bonheur éternel !

» Mais la fille des rois, errante, fugitive,
    S'arrache du sein paternel ;
Elle baisse les yeux, tient sa langue captive,
Dérobe à tous son nom comme le criminel.

    » Colombe tremblante et plaintive,
    Qui, sous la serre des vautours,
Lentement voit pâlir le flambeau de ses jours. »

Mais, hélas ! qui pouvait soupçonner la colombe
    Sous les traits d'un jeune berger ?
Le village en croyait un dehors mensonger,
Et Lara lentement s'avançait vers la tombe.

Mais chacun de sa voix adorait les accents :
«O Lara! disait-on. Votre luth est si tendre !
Chantez, Lara, chantez, nous voulons vous entendre... »
Et, plus triste, Lara leur répétait ses chants :

    « Pompe des cours, splendeur du trône !
      Vous nous annoncez le bonheur,
      Et l'éclat qui vous environne
      Est un éclat vain, suborneur !
Non, ne promettez plus des jours sereins, prospères!
Si du moins je pouvais au tombeau de mes pères
Déposer et ma vie et mes tristes ennuis...
Mais, hélas! je m'éteins sur des rives lointaines. »

Et seule, sans parents, au silence des nuits
Elle allait confier ses terreurs et ses peines.

«Seule, il me faut errer, seule, il me faut gémir !
Comme le criminel dans l'horreur des ténèbres
J'écoute... Au moindre bruit... je sens mon corps frémir...
Tout semble m'entourer de présages funèbres...
La Nature pour moi s'enveloppe de deuil...
Hier, même au milieu de l'innocente fête,
C'étaient des cris plaintifs qui sortaient du cercueil,
Des fantômes sanglants qui planaient sur ma tête,
Et je croyais sentir le fer de l'assassin,
Teint du sang paternel, pénétrant dans mon sein. »

Ici, Lodoïska qu'un trouble affreux dévore
Laisse tomber les chants de sa lyre sonore.

A ce récit cruel qui lui peint les vrais maux,
Content de ses destins, le peuple des hameaux

En rend grâces à Dieu, craint un sort qu'il ignore,
Et son bonheur paraît en augmenter encore.
Tel est le pâtre assis au bord des flots amers :
Il sent mieux le bonheur d'occuper le rivage,
S'il voit dans le lointain un effroyable orage
Confondre avec le ciel l'abîme affreux des mers.

9.

Les deux Frères.

Que le myrte amoureux s'entrelace au laurier !...
Une jeune beauté cède aux feux d'un guerrier,
Le hameau leur sourit et le Dieu d'hyménée,
Jonche, embaume de fleurs la couche fortunée.
Sans nuages, dit-on, il n'est pas de beau jour.
Sur l'asile champêtre où triomphe l'amour,
Au milieu des éclats de la plus belle fête,
Tombe à grands flots la pluie, éclate la tempête.
« Heureux le voyageur trouvant un doux abri ! »
Dit le vieux Desforêts, qui, toujours, a souri
A l'étranger en butte aux traits d'un sort funeste,
Et joyeux l'accueillit à sa table modeste.

« O toi que des mortels poursuivit le courroux,
Veuille le Dieu de paix t'amener parmi nous ! »
Ses vœux sont accomplis : d'une voix douce et tendre
Écoutez les accents. Mysis se fait entendre ;
Et de la porte : « Entrez, vénérable vieillard !
A la commune ivresse, au festin, prenez part.
Mon père au voyageur arrêté par l'orage,
Sous l'antique platane à l'immense feuillage,
Prodiguera les soins de l'hospitalité.

DESFORÊTS.

Oui, mon fils : bon vieillard, venez à mon côté !
Le ciel guide vos pas : soyez de la famille. »

Pour l'étranger soudain le frais nectar pétille.
Sous ses yeux, à longs flots s'épanche la liqueur,
Et la coupe trois fois lui réchauffe le cœur.

DESFORÊTS.

Amis, d'un bord vermeil couronnez votre verre,
Et buvons au mortel qu'ici chacun révère. »
Et sur le prêtre saint, tous, les yeux arrêtés :
« Au vénérable auteur de nos prospérités ! »
Le voyageur, ému de ce nouveau spectacle :
« Comment opéra-t-il un si touchant miracle?
Dit-il à demi-voix. Les ministres du ciel
A leur zèle indiscret, mêlent souvent du fiel.
Ce pasteur remplit bien son noble ministère.
Ses pareils sont des dieux accordés à la terre.
De vos prospérités vous le nommez l'auteur.
Je brûle de connaître un si rare pasteur.

Vers ce mortel heureux un doux penchant m'attire,
Un sentiment secret que je ne puis redire. »
A ces mots le berger reprend à haute voix :
« Heureux ceux qui du ciel suivent les sages lois !
Du vice, de la honte effrayantes compagnes,
La misère, la faim désolaient nos campagnes.
La paresse, l'envie et l'indomptable orgueil,
Des riches et des grands sont le fatal écueil ;
Jugez ce qu'avec eux devint l'humble village.
A vos yeux je n'en puis retracer le ravage.
Notre nom demeura la honte des hameaux :
Et nous creusions encor cet abîme de maux,
Chaque jour apportant de vingt cités voisines
D'autres vices hideux fertiles en ruines.
Mais comme des destins se calme le courroux,
A la voix du pasteur descendu parmi nous,
D'abord dans son amour, père plein de tendresse,
Il embrasse à la fois l'enfance et la jeunesse.
D'utiles passe-temps occupant leurs loisirs,
Il leur fait du travail le plus doux des plaisirs.
Dès qu'il a dissipé la farouche ignorance
Dans le bien les succès passent toute espérance.
Honteux d'être par lui surpassés en amour,
Les parents à sa voix se rendent à leur tour ;
Il éclaire les cœurs, il les arrache au vice,
De tant de maux divers comble le précipice.
Tout renaît à sa voix ; les troupeaux, les moissons,
Le bonheur est le fruit de ses sages leçons.
Lui seul il nous a fait un destin si prospère,
Lui seul de nos hameaux est le sauveur, le père !...
Mais que vois-je ? grand Dieu ! Vos yeux versent des pleurs !
Ce sont les souvenirs des profondes douleurs !...

LE VOYAGEUR.

Non, non; mais ce tableau, dans mon âme ravie,
D'un ami vertueux a retracé la vie;
A mes yeux tout vivant, l'ont rendu vos pinceaux.

DESFORÊTS.

De ce noble pasteur de nos humbles hameaux,
A vos yeux satisfaits j'ai crayonné l'histoire;
Oserai-je, à mon tour, prier votre mémoire...
Vous avez voyagé : qui voyage s'instruit.
De votre expérience offrez-nous quelque fruit...

LE VOYAGEUR.

Bergers, si l'infortune est la meilleure école,
Je dois n'avoir plus rien de faux ni de frivole.
Orphelins au berceau, mon jeune frère et moi,
Du malheur en naissant, nous subîmes la loi.
L'un de l'autre bientôt nous sépare l'orage.
Aux champs Américains qu'appelait mon courage,
J'accompagne un mortel qui, jeune d'âge encor,
Loin de la cour des rois déploya son essor.
Admiré quelquefois, mais plus souvent victime,
Du temps il attendit le tribut légitime.

MYSIS, à Desforêts.

De qui veut-on parler?

DESFORÊTS.

                    Mon fils, c'est d'un héros
Qui dans l'exil pour nous essuya tant de maux,

Qu'auteur de ses revers Albion nous envie,
Qui, de tout temps, au peuple, a consacré sa vie :
La Fayette est son nom : bien jeune, tu l'entends,
L'univers admira ses exploits éclatants.
Mandataire aujourd'hui plein de jours et de gloire,
A son nom se rattache une vaste mémoire.
Il a fui l'Amérique où des soins superflus,
Quand le joug fut brisé, ne le réclamaient plus.
Du temple de la loi sentinelle modeste,
A la brèche debout, siècle vivant, il reste,
Et dirige de l'œil nos libertés au port. »
A ces mots l'étranger, saisi d'un saint transport :
« Ah! le pâtre ignoré qui, caché sous le chaume,
Sent si bien un grand cœur est lui-même un grand homme!
Du héros cependant la brillante valeur
Ne put de nos drapeaux éloigner le malheur.
Rien ne nous secondait. La fortune infidèle
A nos puissants efforts trop longtemps fut rebelle.
Au fond de ces déserts la mort qu'on ne voit pas
De tous côtés se glisse, éclate sous vos pas.
Nous avions à combattre, et l'homme et la Nature.
Les enfants d'Albion, artisans d'imposture,
Pour des colifichets, avaient su, contre nous,
Des Indiens armer le sauvage courroux.
Ventre à terre, sans bruit, rampant dans les ténèbres,
Ils s'approchaient du brave, et des sanglots funèbres
Nous annonçaient le coup frappé par l'assassin.
Une nuit je veillais. Roulant un grand dessein,
L'ami de Washington se présente à ma vue :
« Compagnon, je médite une attaque imprévue!
Pars, tourne avec les tiens ces immenses forêts;
Au souffle empoisonné de fétides marais,

Arrache des héros, que le trépas moissonne.
— Camarades, marchons...—Mais ma troupe frissonne.
Dans ces vastes forêts précipiter ses pas!...
Folie! aveuglement!... c'est courir au trépas! »
Et nul ne veut marcher. Seul alors, je m'élance...
Honteux de ma valeur, ils suivent en silence.
L'exemple est tout-puissant sur le cœur du Français.
A nos hardis efforts répond un plein succès;
Sur les pas des vaincus l'ardeur au loin m'entraîne,
Par le nombre accablé, je succombe, on m'enchaîne.
Ici va commencer un long tissu de maux.
Poursuivrai-je?

DESFORÊTS.

Ah! de grâce!

LE VOYAGEUR.

Arrivés au hameau,
Ils m'accueillent en foule, avec les cris de joie
De tigres en fureur qui fondent sur leur proie.
Comment peindre à vos yeux leur féroce transport?
« Captif! me disent-ils, chante ton chant de mort!
C'est l'heure où le guerrier montre tout son courage. »
Malheureux! Aveuglés sur le fatal voyage,
Ils ne voient dans la mort qu'un éternel sommeil.
Doux bienfait de la foi! Pour nous, c'est un réveil.
J'y rêvais, et muet, l'âme d'horreur flétrie,
Mes pensers se tournaient vers la douce patrie.
Nous arrivons au pied du lugubre coteau.
Ils plantent, en dansant, l'homicide poteau :
Déjà sous mes regards l'affreux bûcher s'élève,
L'un attise le feu, l'autre aiguise le glaive;

Chacun presse à l'envi ces horribles apprêts ;
Mais le ciel, révolté de ces sanglants banquets,
Pour les anéantir, voulant toucher les âmes,
De la douce pitié fit la vertu des femmes.
Une d'elles s'avance et, d'un ton solennel,
Réclamant la faveur d'un usage éternel :
« Loin de vous, ô guerriers ! ce repas sacrilége !
Une mère eut toujours le sacré privilége,
Par ses pleurs généreux, de racheter le sang.
Et je suis mère, un fils est sorti de mon flanc.
On l'ordonne, éteignez la flamme qui pétille :
J'adopte le captif : il est de ma famille. »
A ces mots la beauté sourit, me tend les mains.
Et j'échappe aux fureurs de ces cœurs inhumains.
Ce bienfait signalé remplit toute mon âme.
La femme m'a sauvé, pour jamais à la femme,
Je consacre, je voue un respect, un amour,
Un culte, qui n'ont fait que croître chaque jour ;
Culte religieux que le ciel favorable,
A ce sexe adoré va rendre secourable.
Le croiriez-vous ? La femme en ces climats nouveaux,
Porte seule le poids des plus cruels travaux.
Son enfant sur le dos, dans les champs dès l'aurore,
Elle bêche à midi, bêche le soir encore ;
Quand la nuit dans la hutte a ramené ses pas,
Il faut de la famille apprêter le repas :
Heureuse quand la pêche, heureuse quand la chasse,
Ont offert quelques fruits ; autrement la menace,
La brutale invective, un orage de coups,
D'un maître sans pitié signalent le courroux.
Aussi voit-on souvent de ces infortunées
Un fer désespéré finir les destinées.

Je voulus de leur sort adoucir la rigueur.
Pressé d'un saint amour, jeune, plein de vigueur,
J'entreprends, je le sais, une pénible tâche ;
Mais quoi ! l'homme à son but appliqué sans relâche,
Des obstacles toujours finit par triompher.
Là, l'indolence tue ; il fallait l'étouffer ;
Arracher l'Indien à son humeur sauvage.
A toute heure entouré des enfants du village,
Comme votre pasteur, occupant leurs loisirs,
J'ouvre ces jeunes cœurs aux plus nobles plaisirs.
Que ne peut l'amitié sur un âge si tendre !
En travaillant je conte, on accourt pour m'entendre.
Mes récits attachants, l'exemple, d'heureux prix,
Bientôt pour le travail enflamment les esprits.
J'offre à leurs yeux émus des peintures amères
Du destin rigoureux qui désole leurs mères :
« Par pitié sauvez-les, disais-je, ô mes enfants !
Elles vous ont conçus, et portés dans leurs flancs ;
Elles vous ont nourris du lait de leurs mamelles :
Soyez reconnaissants, compatissants pour elles.
Arrachez leurs vieux jours aux tourments de la faim,
A ces cruels labeurs qui renaissent sans fin.
Inutiles appuis, jetez l'arc et la flèche ;
Saisissez le croissant, armez-vous de la bêche.
Douce et vierge, la terre à vos jeunes efforts
Brûle de prodiguer ses plus riches trésors.
Voyez, le Grand Esprit qui gouverne les mondes,
Va sur vous avec joie ouvrir ses mains fécondes. »
Et tous, ivres de zèle, heureux de mes leçons,
Ils recueillent bientôt d'abondantes moissons.
Les pères par les fils rendus à la Nature
Des champs qu'ils délaissaient, embrassent la culture.

Par l'exemple enflammés, les hameaux d'alentour
Au culte de Cérès se livrent à leur tour.
Entendez-vous au loin, sous le fer de la hache,
Du haut palmier tomber le verdoyant panache?
L'homme, la torche en main, lance un torrent de feux
Dans la sombre épaisseur de ces halliers affreux,
Du crocodile impur, du boa redoutable,
Et du Boïquira repaire impénétrable,
Où nul mortel jamais n'avait porté ses pas
Sans être tout à coup, frappé d'un prompt trépas;
La flamme, parcourant les savanes profondes,
Dévore avec leurs fils cent reptiles immondes.
Le fer saigne partout les fétides marais.
Partout avec fracas s'écroulent les forêts;
Sur un sol qu'épuisait leur vaste diadème
Roule, ami des humains, le char de Triptolème.
Proscrivant sans retour la ronce et les chardons,
A flots d'or sur les champs, il épanche ses dons.
A l'aspect des vergers où la fertile automne
Élève un front orné des présents de Pomone;
Du bœuf et du cheval, ces compagnons nouveaux,
Par l'homme, associés aux rustiques travaux;
Des chèvres, des brebis, utiles colonies
A l'existence humaine étroitement unies;
Du coq, de son sérail et des autres tribus,
Qui remplissent nos mains des plus riches tributs;
Des verdoyants coteaux où le Dieu de la treille,
Se complaît et sourit à la grappe vermeille;
De ces champs en tous lieux de trésors couronnés:
Dans l'ignorance encor ces mortels étonnés
Avec l'expression des âmes ingénues,
M'appelaient un sauveur et m'élevaient aux nues.

« O toi ! s'écriaient-ils, m'adorant à genoux,
Qui daignas par pitié descendre parmi nous,
Es-tu le Grand Esprit ? A tes ordres suprêmes
L'onde, les animaux, les vents, les cieux eux-mêmes,
Soumis à ton pouvoir, dociles à ta voix,
S'empressent à l'envi d'exécuter tes lois.
C'est en vain que tu veux rejeter nos hommages ;
Regarde autour de nous, contemple tes ouvrages,
Du sauvage indompté tu t'es rendu vainqueur,
Ta voix comme le miel coule au fond de son cœur;
Toujours nous chérirons ta douce bienfaisance,
Mais comment devons-nous honorer ta puissance ?
Dis-nous ce qui pourrait combler tes plus doux vœux...
— Votre bonheur, amis, voilà ce que je veux. »
A ces mots peignez-vous leurs transports, leur ivresse,
Ils s'embrassent de joie, ils pleurent de tendresse :
« Nos cœurs ne peuvent pas contenir tant d'amour! »
Non, pour aucun mortel jamais aussi beau jour !
Vous m'en voyez encore attendri jusqu'aux larmes.
A peine a-t-il fini ce récit plein de charmes :

PLUSIEURS BERGERS.

Du doux fruit de vos soins il fallait profiter.
Ces peuples vous aimaient : pourquoi donc les quitter?
— Mes amis, répond-il d'une voix attendrie,
On aime à rendre enfin sa cendre à la patrie.

LE PASTEUR.

J'ai le même penser : je veux aller mourir
Parmi ceux dont les mains ont daigné me nourrir.
(Au voyageur.)
Et devers quel canton se dirige ta course ?

LE VOYAGEUR.

Aux lieux où, pur cristal, l'Almansor prend sa source,
Vallon délicieux, temple de la vertu,
Que j'ai fui jeune encor...

LE PASTEUR, l'interrompant avec émotion :

Comment te nommes-tu ?

LE VOYAGEUR.

Fernand.

LE PASTEUR, poussant un grand cri :

Fernand ! Qu'entends-je !... O mon frère ! mon frère !
Pendant vingt ans dans l'un et dans l'autre hémisphère,
J'ai cherché, mais en vain, la trace de tes pas,
Hélas ! combien de temps j'ai pleuré ton trépas !

FERNAND.

A ton trépas aussi j'ai donné bien des larmes !
Mais le sort nous rassemble ; ô moment plein de charmes !
Toutefois, mon ami : ce penser est cruel...
Qu'elle est tardive, hélas ! cette faveur du Ciel !
Au tombeau dès demain il nous faudra descendre ;
Et nous nous retrouvons pour mêler notre cendre...

LES BERGERS.

La vertu ne meurt pas : vous vivrez à jamais,
Dans le cœur des mortels heureux de vos bienfaits.
Au bonheur rendre ainsi des tribus fortunées,
C'est avoir noblement rempli ses destinées.

Histoire du bon Pasteur.

Radieux du bonheur, né des touchants récits,
Le Pasteur et Fernand, l'un près de l'autre assis,
Muets, par leurs regards se peignent leur tendresse :
Et cette scène accroît la commune allégresse.
A l'heure solennelle où l'airain douze fois,
Dans le calme des nuits prolonge au loin sa voix,
Soudain l'on voit tomber les éclats de la fête.
A regagner ses toits chaque berger s'apprête,
D'un paisible sommeil veut goûter les pavots,
Pour revoler plus fort aux agrestes travaux.
Le Pasteur que pénètre une piété sainte,
De l'asile des morts va traverser l'enceinte.

10.

On veut l'accompagner, il ne le permet pas;
Et les nombreux Bergers retournent sur leurs pas.
« Enfin nous voici seuls ! Embrasse-moi, mon frère ! »
Dit Fernand, d'une voix que la tendresse altère.
Ils s'embrassent les yeux voilés d'humides pleurs.
« Je t'ai dit mes revers, conte-moi tes malheurs.
Comment à tes regards, peindre ce que j'éprouve
A l'aspect de ce deuil où mon œil te retrouve ?
Quand je quittai les bords où nous vîmes le jour,
Ton cœur brûlait des feux du plus ardent amour.
L'espoir te souriait : au milieu des orages
Où j'ai vécu longtemps sur de tristes rivages,
Je disais : Consolé dans ces climats lointains
Mon frère, au moins, mon frère a de meilleurs destins.
Éperdument épris d'une épouse qui l'aime,
Il savoure à longs traits la félicité même :
Je te voyais heureux entre tous les mortels...
Et trouve une victime enchaînée aux autels.
Comme ces malheureux qu'un préjugé barbare
Du monde qu'ils aimaient jusqu'au tombeau sépare,
Au sein du célibat, peuplé de longs ennuis,
As-tu maudit parfois et les jours et les nuits !

LE PASTEUR.

Que dis-tu, cher Fernand ? Sache que si ton frère
A goûté le repos, le bonheur sur la terre,
S'il cessa de souffrir, c'est du jour où ses mains
Ont promis de servir le maître des humains.
Tu parais étonné : que ne peux-tu connaître
Quel trésor de vertus brille dans un saint prêtre !
Celui qui m'éleva portait un cœur de feu.
Humble, pauvre, indulgent, c'était l'homme de Dieu.

Étranger aux débats où l'Église est en proie,
Et du bonheur d'autrui faisant toute sa joie,
Il veillait le malade, assistait le mourant.
Que sa voix savait bien sonder un cœur souffrant !
Allait-on dans son sein déposer ses alarmes ?
Du malheureux toujours il tarissait les larmes.
Il se privait de tout, souffrait le froid, la faim.
Quelle vie ! Un tissu de misères sans fin !
Insensé ! Qu'ai-je dit ? Céleste créature,
Et moins homme que Dieu, de l'humaine nature,
Il avait dépouillé la fange et les besoins.
Son modeste bercail absorbait tous ses soins.
Appui des orphelins, père des pauvres veuves,
Sans peine il triomphait des plus rudes épreuves.
Il brûlait de ce feu qu'on ne peut concevoir,
Et le bien qu'il a fait, Dieu seul peut le savoir.
Aussi ne pourra-t-on se peindre de quel zèle,
J'embrassai l'étendard de son divin modèle,
Lorsque si jeune, atteint d'un incurable amour,
Échappé du tombeau, je ressaisis le jour.

FÈRNAND.

Rien ne peut corriger une étoile funeste.
Qu'est devenue enfin cette beauté modeste ?
Vit-elle en ce hameau ?

LE PASTEUR.

                    Nous en sommes bien près...
Sous l'herbe elle sommeille au pied de ce cyprès.
Son père vertueux, il t'en souvient encore,
A mon ardent amour promit la main d'Isaure,

Lorsqu'elle aurait atteint son seizième printemps,
Si mes jeunes efforts, si mes labeurs constants
Alors pouvaient au moins à la jeune fermière,
Avec une génisse offrir une chaumière.
Délicieux espoir! de quelle ardeur épris,
Nous travaillons tous deux pour conquérir ce prix.
Oui, tous deux, cher Fernand, tu l'oublias peut-être;
Tes bras me secondaient dans ma tâche champêtre,
Peines, plaisirs, labeurs, tout était de moitié;
Rien que né partageât ta fidèle amitié.
Et déjà je touchais à l'heure fortunée
Où devait s'accomplir mon heureux hyménée,
Lorsque les trois baillis, détestables tyrans,
D'Isaure pour l'un d'eux assiégent les parents.
La crainte moins que l'or fit pencher la balance.
Tu pleuras : abîmé dans un morne silence,
Je mourais. Un matin : «Mon frère! me dis-tu,
Ne laisse point tomber ton courage abattu.
Je pars : j'affronterai les combats et Neptune,
Et le ciel aux amours soumettra la fortune,
J'en jure par Isaure! » A ce nom adoré
Un doux espoir renaît dans mon cœur déchiré;
Et soudain tu partis. D'Isaure dans les larmes
On voyait s'éclipser et se flétrir les charmes.
Elle n'accourait plus, folâtre, sous l'ormeau,
A la danse excitant les beautés du hameau.
Rêveuse, elle cherchait les bosquets les plus sombres.
Un soir, la nuit déjà précipitait ses ombres,
Je la rencontre en pleurs, elle me tend la main;
Et, d'une faible voix : «Arsène, c'est demain
Qu'on fixe sans retour la fatale journée
Où je dois à l'autel, victime infortunée,

M'enchaîner pour jamais... Fernand ne revient pas :
Les cieux ont, je le vois, résolu mon trépas. »
Elle dit, se détourne, et sa voix oppressée,
Et ses regards éteints, et sa lèvre glacée,
D'un sinistre avenir menacent mon amour.
Le lendemain un glas sonne le point du jour.
Je vole chez son père : elle a cessé de vivre...
Je ne te dirai point que je voulus la suivre.
De ma raison longtemps s'éclipsa le flambeau.
Comme un spectre sorti des ombres du tombeau,
Le jour, la nuit, j'errais à travers les campagnes.
D'Isaure l'on voyait les fidèles compagnes,
Que touchait mon malheur, que guidait la pitié,
Me prodiguer les soins de la tendre amitié.
Mais rien de la raison ne me rendait l'usage.
Père des orphelins, le pasteur du village
Recueillit sous son toit ton frère malheureux.
Le sort trahit longtemps ses efforts généreux.
De lugubres terreurs dans mon âme abattue
Entretiennent longtemps un trouble qui la tue.
Mais enfin des vapeurs qui chargent ma raison,
Le jour vient par degrés dégager l'horizon.
De ces pensers impurs le nuage se lève.
Un mal si long pourtant, comme un pénible rêve,
Laissa dans mes esprits un souvenir cruel.
J'invoquais le trépas. Mais, oracle du ciel,
La voix du vieux pasteur m'arrachant à la terre,
Me montre des autels l'auguste ministère.
« Va, mon fils, me dit-il, en m'arrosant de pleurs,
Va, des frêles humains consoler les douleurs.
Ta jeunesse en a fait la triste expérience :
L'éclat de la beauté, la candeur, l'innocence

Ne donnent point de droits à la félicité.
S'ils faisaient le bonheur, vous l'auriez mérité.
Mais le bonheur, mon fils, il n'est pas de ce monde.
Dieu seul en est la voie et la source profonde.
Quand nous faisons le bien, il verse dans nos cœurs
Des flots de volupté de tous les maux vainqueurs.
Mais fuis, quitte avant tout le funeste théâtre
Encor plein d'un objet dont tu fus idolâtre.
Ton cœur y tenterait de stériles efforts.
Les feux dont tu brûlas, y seraient les plus forts.
Va, franchis l'Océan, cours dans l'autre hémisphère,
Et demande au Très-Haut qu'il te rende ton frère.
— Fernand ! criai-je ; dieux !... je t'avais oublié !...
Juge si mes malheurs devaient faire pitié.
De l'asile où sommeille une dépouille sainte,
Pour la dernière fois je visite l'enceinte.
Et le cœur agité de souvenirs amers,
Je franchis, l'œil en pleurs, l'immensité des mers.
J'arrive, je parcours l'heureuse Virginie,
Visite les enfants de la Pensylvanie,
Et plonge au loin mes pas dans ces climats nouveaux,
A jamais illustrés par de hardis travaux.
Mais là, nouvelle source et de deuil et de larmes !
J'interroge en tremblant tes vieux compagnons d'armes.
« Lui ? Fernand ! Le lion !... qui ne le connaît pas ?
Dans les rangs ennemis il portait le trépas...
Me répond l'un d'entre eux, et secouant la tête :
— Comment disparut-il au fort de la tempête ? »
A ce mot, juste Ciel ! quel fut mon désespoir !
« Ami, ne pleurez pas... vous pourrez le revoir.
L'homme échappe souvent aux plus affreux naufrages :
Peut-être est-il tombé dans les mains des sauvages.

On ressuscite ici : nous l'avons vu cent fois,
Les morts, après vingt ans, de la nuit de ces bois,
Renaissent radieux !... Allons !... de l'espérance !... »
Ce mot me rend à moi. Dans les bois je m'élance.
Au sein de ces forêts, image du chaos
Où le Meschacébé roule à grand bruit ses flots,
A l'Osage, au Sioux, au cruel Siminole,
Du Christ, en te cherchant, je porte la parole.

FERNAND.

Quels farouches mortels peuplent ces régions !
Aux ministres cruels de leurs religions
Dont rien ne sut jamais calmer la barbarie,
Comment échappas-tu ?

LE PASTEUR.

                    De leur sombre furie
J'ai vu les noirs excès : et ces pieds mutilés,
Et cette main, ces doigts par la flamme brûlés,
Et ce corps tout couvert de larges cicatrices,
Ne révèlent-ils pas de sanglants sacrifices ?...

FERNAND.

Et c'est pour moi, mon frère !...

LE PASTEUR.

                        Et toi, n'avais-tu pas,
Afin de m'arracher aux horreurs du trépas,

Quitté nos bords charmants et la douce patrie ?
A l'amour éploré dans mon âme flétrie,
Bon frère, tu voulus conquérir un peu d'or,
Et par delà les mers tu pris un vaste essor.
Mais c'est peu ; je sais tout : on me l'apprit naguère,
Dans les rares loisirs que te laissait la guerre,
Ta fidèle amitié qui ne rêvait que moi,
La nuit, pour une obole, implorait de l'emploi.
On te vit, élevé dans les travaux champêtres,
Pour un frère louer tes sueurs à des maîtres ;
Intrépide soldat, provoquant les hasards,
Pour lui, verser ton sang dans les plaines de Mars ;
Captif, chargé de fers, parcourir des contrées,
Où tu fus le jouet de tribus abhorrées :
Il était, je le crois, bien juste qu'à son tour,
Mon cœur qui t'adorait reconnût tant d'amour.
Mon frère, mon bon frère, ah ! si la destinée,
A trahir mes efforts trop longtemps obstinée,
Avait rejoint plus tôt deux frères, deux amis !...
Mais ne murmurons point... Dieu ne l'a pas permis,—
Et bénissons encor sa main qui nous rassemble.

FERNAND, avec un profond soupir.

Nous pourrons dans la tombe au moins dormir ensemble.

LE PASTEUR.

Que dis-tu, cher Fernand ? Où se perd ta raison ?
Le trépas affranchit l'homme de sa prison.
Au plus noble destin élève tes pensées.
Nos âmes, vers le ciel, à la mort élancées,

Planant au sein de Dieu dans les palais d'azur,
Goûteront un bonheur durable autant que pur :
Océan de délice ! A jamais réunies,
Elles vont savourer des douceurs infinies!

FERNAND.

Qu'un si noble avenir, un si sublime espoir
De la vie à mes yeux embellissent le soir !

ÉPILOGUE.

Heureux l'homme des champs... oui, sous le toit champêtre,
S'il sentait son bonheur, s'il savait se connaître.

AUTELS RELEVÉS.

Voici une liasse de papiers oubliée depuis trente ans...
Qu'est-ce que ce peut être ?...

Les morts après trente ans sortent-ils du tombeau ?

Il faut avoir pitié d'un vieillard qui, après un long
exil, vient errer aux lieux de son enfance et retrouve
le théâtre de ses premiers jeux tout bouleversé...

Je compte en ce moment soixante-dix hivers.
 J'ai soupiré dans ma jeunesse...
Je revois les objets de cet autre univers,
 Pardon pour ma folle tendresse !...

J'aimais, j'adorais les faux dieux...
On n'avait pas encor détruit l'Olympe antique...
Mais qu'a mis à la place un zèle fanatique ?...
        Rien... Aveuglement odieux !

Vieux, j'aime à m'égarer au milieu des décombres...
        D'un culte... qu'ils ont renversé.
J'aime à m'entretenir avec ces grandes ombres
        Et les ruines du passé...

Voici quelques débris échappés au naufrage, quelques
poésies composées avant le cataclysme universel.

LES PRIÈRES.

Un jour aux pieds de la grandeur
Du maître heureux de la Nature,
On vit s'avancer, l'œil en pleur,
Ces vierges qui, fruit du malheur,
D'un pas d'inégale mesure,
Et sous les traits de la douleur,
Suivent les traces de l'Injure :
Les Prières, aux pieds des dieux,
Venaient, contre un mal qui l'oppresse,
De notre humaine et faible espèce,
Verser les larmes et les vœux.
« Si ta bonté ne le soulage,
C'est fait de l'Homme, ô Jupiter !
De noirs messagers de l'Enfer,
Étendent sur lui leur ravage.

C'en est fait : il cède à leur rage...
L'ennui rongeur, l'affreux souci,
Le front toujours enseveli
Dans un épais et noir nuage,
Les chagrins, les pâles dégoûts,
L'envie et les soupçons jaloux,
Dans leur cours, des plus belles vies,
Ont bientôt moissonné la fleur.
Et sous leur souffle corrupteur,
Du plaisir les roses flétries,
Dans leur sein ont senti taries
Toutes les sources du bonheur.
Rien n'échappe, hélas ! tout succombe,
Age, sexe, grâce, beauté,
Tout s'évanouit dans la tombe.
Mais écoute, ô fatalité !
Contre toi, contre ton ouvrage,
Un Dieu même ose armer sa main.
Un Dieu... dis-je, l'affreux Hymen
Le monstre signale sa rage.
A la force, à la cruauté,
Le barbare joint l'artifice.
Brillant d'amour et de beauté,
Il rêve un nouveau sacrifice.
Vois-le, de roses couronné,
Semant de fleurs le précipice
Où l'innocent tombe entraîné.
Contre les dangers de la vie,
Contre les injures du sort,
A la vierge, tendre, chérie,
Il offre en souriant le port :
Mais, vois, grand Dieu, la perfidie !

Quand sur lui la rose s'appuie,
Quand dans ses bras elle s'endort,
Soudain sa victime trahie,
Ne trouve plus, au lieu du port,
Que la douleur et que la mort.
Que des Humains par notre bouche,
Le sort t'attendrisse et te touche.
De tes fils mourants, que ta main,
D'une ruine si funeste,
Sauve le déplorable reste,
Et des crimes au traître Hymen ! »

Ainsi s'expliquent les Prières.
Le maître, alors, des éléments,
De courroux fronce les paupières ;
La terre sur ses fondements
En tremble. Il crie : « A moi... Tonnerres !
Enfants des dieux, que ferons-nous ?
Parle, ô Sagesse, parlez tous !
— Oui, voulez-vous que le mal cesse ?
Daignez m'ouïr, dit la déesse,
Et réprimez votre courroux.
Contre le mal qui nous oppresse,
Cherchons des remèdes plus doux.
Il n'en est qu'un dont la puissance
Ose prétendre des humains
Fixer les chancelants destins
En honorant votre clémence.
Parmi les dieux est un enfant :
C'est lui que sa seule présence
Partout va rendre triomphant.
Qu'il vole, et bientôt, à sa vue,

Les pâles dégoûts, les soucis,
Des mortels, mortels ennemis,
Verront fuir leur troupe éperdue.
Il dissipera les malheurs,
Comme le dieu de la lumière
Dissipe d'obscures vapeurs.
Oui, de la douleur sur la terre,
Son nom seul va sécher les pleurs:
Va donc, Amour! fidèle et tendre,
Toujours soumis, toujours discret,
Que ta main essuie en secret
Les larmes qu'Hymen fait répandre.
Qu'au sein des belles, les plaisirs,
Et le respect et la constance,
Éveillant la douce espérance,
Rallument les tendres désirs. »
Tel fut l'arrêt de la déesse.

O vous que j'aime, à cette voix,
Reconnaissez donc la Sagesse
Et de l'Amour suivez les lois.
Aimez : vous goûterez sans cesse
Le plaisir pur et la douceur
De voir partager vos alarmes,
De souffrir deux, mêler vos larmes.
Aimez : et bravez le malheur,
Car c'est au sein de la douleur
Qu'Amour offre ses plus doux charmes ;
C'est là qu'on connaît le bonheur.
Aimez, pour savourer encore
Le bien le plus délicieux
De rendre heureux ce qu'on adore

Et de couronner tous ses vœux.
Aimez, et de chaque journée
L'Amour bannira les loisirs,
Par les doux jeux et les plaisirs
Toujours l'une à l'autre enchaînée.
D'une trop courte destinée
Voulez-vous doubler les moments,
Doubler aussi les jouissances,
Joie et désir, biens, espérances,
D'une seule, ô destins charmants !
Voir éclore dix existences ?
Aimez ! Oui, doublez votre cœur,
Et l'Amour bientôt multiplie
Les sources de votre bonheur.
Ah ! quand la voix du Temps nous crie
De payer le fatal tribut,
Au dieu de Paphos, d'Idalie,
Heureux qui consacra sa vie,
Lui seul peut dire qu'il vécut !
Il faut aimer, le temps nous presse.
Aime, qui veut des voluptés
Goûter la coupe enchanteresse !
Aime, qui veut, dans son ivresse,
Des olympiennes déités,
Surpasser encor l'allégresse
Et tous les transports si vantés !
Amour, seul charme de la vie,
Amour, toi, l'élément du cœur,
Seul bien que le ciel nous envie,
Sans toi, non, non, point de bonheur !

Quand tout vous a rendu les armes,

Rendez-les du moins à l'Amour.
Douce est sa chaîne : elle a cent charmes.
Que votre cœur soit sans alarmes,
Tout est doux en lui jusqu'aux larmes.
Ah ! craignez qu'aigrie à son tour
Par quelque mortelle blessure,
Sa colère ne venge un jour
Et vos mépris et son injure !

Clignancourt, septembre 1808.

Voilà une preuve tirée de l'Olympe même, heureux et
brillant empire de l'Amour : en voici une autre tirée de
l'empire des morts : *L'Enfer Moderne ou Français*, in-
vocation.....

A Victor Hugo.

Ardent réformateur du Parnasse français !
Géant qu'on voit voler de succès en succès,
Hugo ! noble Hugo ! quand ta juste furie
Sape à coups redoublés l'antique friperie
Dont Homère affubla son vers fastidieux,
Et de l'Olympe usé précipite les dieux :
De grâce, ne va point, du séjour des ténèbres,
Éteindre et nous ravir les voluptés funèbres.
Détruis le ciel : c'est bien ; mais garde-nous l'Enfer.
Laisse encore à Pluton son vieux sceptre de fer,

Leurs fouets et leurs serpents aux sœurs de Tisiphone,
Empruntés autrefois à la race Saxonne.
Saxon, conserve-les : crie à tes adhérents,
Que l'on en a besoin.....

On vient d'abattre l'Olympe d'Homère, et voici qu'on attaque la belle langue de Racine. Il faut la défendre : qui s'en chargera ? Un des personnages que j'ai jetés sur la scène, le Visionnaire, ou l'homme à projets. La pièce, comédie-vaudeville en trois actes, composée en 1822... roule sur une foule de choses. Jugez... l'homme à projets !... Fantasias, le Visionnaire et le Romantique sont en scène.

LE ROMANTIQUE, jeune homme bien vermeil, bien joufflu, avec des airs penchés, langoureux :

Ah ! Dieu ! quel blasphème a vibré dans l'air et éveillé l'étonnement assoupi dans mon oreille ! Le Romantisme, enfant de la Nature, un genre bâtard ! O parfum ! O essence du génie ! Quel sacrilége ! Ah ! c'est maintenant que je sens plus que jamais de quelles suaves vapeurs d'ambroisie il embaume, il enivre mon âme, quand le nuage de la douleur s'élève dans son sein et l'obscurcit.... Il m'inspire....

LE CLASSIQUE.

Je suffoque ; quel galimatias !

LE ROMANTIQUE, en souriant, mais d'un ton langoureux.

C'est une rose que j'effeuille sur sa base, posée au sein de la Nature par une main immortelle.

(Il prélude.)

Ah ! je suis triste, moi...
   C'est là ma folie.
Je ne vivrais pas, je croi,
   Sans la mélancolie.

AIR : *Monsieur de la Palice est mort.*

J'aime les scènes de deuil,
   Cela tourne la tête :
Je m'enferme en un cercuei
   Tout le jour de ma fête.

   Ah ! je suis triste, moi, etc.

Vous aimez l'éclat du jour
   Et les aurores pures :
Je suis comme d'Arlincourt,
   L'homme des sépultures.

   Ah ! je suis triste, moi, etc.

« Hommes ! dit Chateaubriant,
   Voilà votre misère !
Ne pouvoir incessamment
   Pleurer sur cette terre. »

   Ah ! je suis triste, moi, etc.

Avec de tels sentiments,
   Voyant tant de souffrances,

Je ris aux enterrements,
Et je pleure aux naissances.

Ah ! je suis triste, moi, etc.

De l'Égypte heureux destins
  Que l'on ne voit plus guère,
Dans les plus brillants festins
  Circulait une bière.

Ah ! je suis triste, moi, etc.

A ma noce au lieu de chars,
  De pompe nuptiale,
J'aurai tous les corbillards
  Roulant la capitale.

Ah ! je suis triste, moi, etc.

Pour dissiper mes ennuis,
  Les longues insomnies,
Je couche toutes les nuits
  Entre quatre momies !

(Quand le Romantique a fini, il pousse un long soupir.)

FANTASIAS.

Est-ce tout, Monsieur ?

LE ROMANTIQUE.

Ah ! la louange est délicate : j'ai intitulé ma romance *la Rose effeuillée,* parce qu'en effet les diverses strophes portent sur cette base qu'elles parfument.

FANTASIAS.

Ah ! j'entends, la base c'est le refrain : que ne le di-
siez-vous d'abord? Parlez comme tout le monde.

LE ROMANTIQUE, avec un sourire mignard.

Eh ! monsieur, où serait le Romantisme?

LE CLASSIQUE, éclatant avec feu.

De ce genre bâtard quel est le caractère?
L'ignorez-vous encor? Le vague, le mystère,
L'amour du merveilleux, la singularité,
Mère du faux éclat et de l'obscurité ;
L'alliance des mots que l'emphase rassemble,
Et qui hurlent, choqués de se trouver ensemble.
Les vampires hideux, les esprits du désert,
Des nains ou des sorciers bouleversant l'enfer,
Des vierges des amours, d'affreuses Mélusines :
Voilà ce qui convient aux amants des ruines,
De la mélancolie, aux hommes des tombeaux,
Toujours enveloppés de lugubres lambeaux,
Don Quichottes nombreux armés par cette école
Où règnent en tyrans le Vague et l'Hyperbole ;
Qui, loin de la nature et de la vérité,
Vous donnent le pathos pour la simplicité.
Tels sont ces estomacs dépravés et malades,
A qui les aliments les plus sains semblent fades,
Et qui, pour réveiller, en eux, l'ombre du goût,
S'efforcent d'inventer quelque nouveau ragoût ;
Ou, tel dans nos cités, immondes réceptacles,
Un vil ramas de peuple inonde ces spectacles

Où Cartouche, où Mandrin, vampires et forçats,
Nous font bondir le cœur de leurs noirs attentats,
Mais où, tout radieux d'une infernale joie,
Il contemple le monstre à la torture en proie,
Et, dès le lendemain, entoure à flots pressés
Les échafauds sanglants, sur la grève dressés,
S'enivre avec transport de ce spectacle horrible,
Et qu'il faut écorcher pour le rendre sensible.
Du Romantisme pur véridiques tableaux !
Oui, tels sont les objets, les mœurs et les héros.
Dont sans cesse à nos yeux il offre la peinture
Et que dans son délire il prend pour la Nature.
De l'éclat de leur chef vous êtes ébloui.
Eh bien ! expliquez-nous son langage inouï !
A l'aspect d'une larme, écoutez-le, il s'écrie :
« O tempête du cœur ! est-ce là votre pluie ? »
Qu'est-ce, dites-le-nous, que « la voix des torrents?
Les Esprits du désert, les jours d'horreurs vibrants;
D'une barbe et d'un nez les saintes quiétudes;
Et les déserts muets au sein des multitudes ?
De la nature enfin que sont les falbalas ?
L'holocauste fumant avec ses longs hélas [1] ! »
Ils osent se vanter de peindre la Nature,
Et jamais du village offrent-ils la peinture ?
Quand nous présentent-ils le chaume et les troupeaux
Et les bergers dansant aux sons des gais pipeaux ?
Et la paix du ménage, et les plaisirs champêtres ?
C'est un monde trop fade : il leur faut d'autres êtres
Tels qu'il n'en fut jamais, des géants et des nains,
Des fantômes errants, des monstres surhumains,

[1] Cette critique n'atteint pas notre immortel Victor Hugo, mais *Atala*.

Des cadavres hideux couverts de voiles sombres
Entraînant à grands cris de fantastiques ombres...

Je jette un regard en arrière, et, récapitulant : Réha-
bilitation de la Poésie pastorale, de l'Olympe, de l'Idiome
de Racine... Une triple restauration ! Juste Ciel !... que de
tempêtes vont fondre sur moi !... Heureusement, le Ciel
m'offre un refuge...

MON ÉLYSÉE.

> Vos cœurs, ô mes amis, sont ma postérité.
>
> LOÏS DE SAUMUR.

Dans ce monde, chaos où mille ambitions
    Se déchirent avec furie,
    Où l'âme, trop souvent flétrie,
Nage dans une mer de tribulations,
    Je me suis fait un Élysée
Où la mienne, au milieu de quelques vrais amis,
Respire avec délice une fraîche rosée :
Rêve enivrant, divin, que le ciel m'a permis.
Dans mon sein palpitant repose leur image.
Que chacun d'eux ici reçoive mon hommage.

C'est un tribut bien innocent,
Je ne pense pas qu'on le blâme.
Au surplus, il est dans mon âme,
M'épanouit le cœur et m'embaume le sang.

LE DOCTEUR REDDET.

L'homme, a-t-on dit, est un faisceau d'habitudes. Sous ce rapport, j'ai connu l'homme par excellence. Depuis trente-cinq ans au moins, il va toujours prendre ses repas dans le même restaurant — Arbre-Sec, ancien Traboir, — et là, toujours à la même heure, et toujours à la même table, et toujours les mêmes mets, du reste, muet comme un trappiste : non, pendant tant d'années pas une parole!... Si, cependant. Un jour, la maîtresse du restaurant, lorsqu'il arrive : «Monsieur, une dame est venue et m'a priée de vous dire que vous étiez invité à dîner demain. — Chez qui, madame? le nom? — Point de nom; en souriant : Mais elle a dit : Chez un ami de cinquante ans. — Ah! je devine.» Le lendemain il va et offre à ce digne ami l'exemplaire d'un ouvrage qu'il venait de publier et qu'il lui destinait, portant ces mots :

AU VÉNÉRABLE DOCTEUR REDDET.

Une amitié de cinquante ans!
C'est, de nos jours et... de tout temps,
Une chose à la fois et respectable et rare.

Aussi veux-je en garder le touchant souvenir,
    Et puisse, ô Dieu ! l'âge à venir,
Comprendre le bonheur qu'un tel trésor prépare !

Le digne vieillard sourit, et, à demi-voix : « C'est à propos, dans un temps où, plus que jamais, l'intérêt relâche, brise tous les liens, divise et sépare tous les cœurs... »

C'est un besoin pour moi, car on le devine, c'est un besoin pour moi de parler de ce vénérable ami, — et l'on m'en saura gré, — car c'est un de ces nobles et mâles caractères qui offrent des exemples que l'on ne peut trop remettre sous les yeux des hommes.

Parti à l'âge de dix-sept ans comme chirurgien sous-aide à l'armée du Rhin, il sauva, au péril de sa vie, quelques émigrés prisonniers de guerre ; il servit les huit années de la première République, n'ayant pas toujours, comme le soldat, le pain et la viande. Puis, rentré en France, il exerça son art, et l'exerça en véritable disciple d'Hippocrate ; car c'est lui, c'est Reddet, qui, sous un règne de sordide mémoire, lorsque, en juin 1832, la police enjoignit aux médecins de dénoncer les blessés, adressa au ministre cette réponse qui rappelle le noble serment du père de la Médecine.

Paris, 15 juin 1852.

« J'étais chirurgien à l'armée, il y a environ quarante ans (en 93). Un décret de la Convention ordonnait de fusiller les prisonniers de guerre et surtout les émigrés. Nous avions beaucoup de blessés de l'armée de Condé. Les hommes à bonnet rouge nous surveillaient, et non-seulement nous n'avons pas dénoncé les soldats de Condé, mais nous en avons fait évader plusieurs sous des noms

12.

supposés de soldats autrichiens , au moyen des évacuations des hôpitaux ambulants. Beaucoup d'émigrés et de chirurgiens de cette époque vivent encore et peuvent s'en souvenir. Nous ne nous en sommes pas fait un mérite sous la Restauration , lorsque tant d'autres demandaient le prix de leurs bassesses. Ce que la crainte d'être fusillés ou guillotinés ne nous a pas fait faire en 93, nous ne le ferons pas en 1832, par crainte d'une amende de 300 francs, en vertu d'une ordonnance de Louis XIV, invoquée par MM. Gisquet et d'Argout.

» *Signé :* REDDET,

» Ancien Chirurgien des Armées, quai de l'École, 18. »

(Voir le *Courrier Français,* 16 juin 1832.)

HIPPOLYTE TAMPUCCI.

VERS ÉCRITS SUR LA LISTE DE SA SOUSCRIPTION.

Courage, ô mes amis ! quelle noble phalange
Après trente ans accourt, sous nos drapeaux se range !
Le voilà donc le fruit des combats, des assauts,
Que nous livrent sans fin les pervers et les sots.
A la vertu modeste, aux talents, au courage,
La France avec amour offre un brillant hommage :
Cet hommage est pour moi plus précieux que l'or,

Car dans le jeune enfant, je prédis à notre âge
De fraîche poésie un splendide trésor [1].

8 août 1853.

AU MÊME,

LE JOUR OÙ IL REÇUT UNE MÉDAILLE D'OR A L'ACADÉMIE.

«Quelques fleurs pour une couronne. »
Titre charmant! présage heureux!
Les lauriers, le myrte amoureux !
Ta muse à pleines mains moissonne.
Puissent la gloire et les amours
De soie et d'or tisser tes jours !
Que ton front de bonheur rayonne.
Pour moi, qui touche à mon automne
Et qui dans le pénible cours
D'une existence vagabonde,
N'ai recueilli dans ce vieux monde
Que des soucis et des regrets,
Que puis-je présenter auprès?
L'urne en misères est féconde :
Une couronne de cyprès.

Je regrette de passer sous silence tout ce qu'il y aurait
d'honorable à dire sur Hippolyte Tampucci : car lui
aussi, le pauvre garçon de classes, l'intelligent ouvrier,
comme le vénérable Reddet, noble caractère, âme d'une

[1] Prédiction faite en 1830. près d'un quart de siècle.

forte trempe, il n'a pas hésité entre la misère et sa cons-
cience et ses convictions.

ADOLPHE FAVRE.

Toi, l'âme et le lien d'une jeune Pléiade
Qui sous ton nom s'abrite et marche sur tes pas,
Calme le cœur souffrant, soutiens l'esprit malade...
　　Ici je ne t'oublierai pas...
Éclaire les palais, console la chaumière,
A la muse naissante ouvre un noble chemin.
Épancher les bienfaits d'une douce lumière,
　　C'est être utile au genre humain.

Hameau de Grange-aux-Belles, 12 mars 1854.

On sait que M. Ad. Favre est le fondateur de la *Revue
parisienne*, création que lui a inspirée une vive sympa-
thie pour les jeunes littérateurs dont il a voulu ainsi fa-
ciliter les débuts dans la carrière des lettres. Prèchant
lui-même d'exemple, il vient de donner un petit volume
de poésies : L'AMOUR D'UN ANGE, dont nous ne citerons
qu'une strophe :

J'ai vu mainte plage inconnue,
Des temples, des sites divers;
J'ai vu des tours perçant la nue,
Des palais planant dans les airs:

Des royaumes et des empires,
Des mondes!... mais rien n'est si beau
Que le vallon où tu respires,
Que ta chaumière au bord de l'eau.

À MADAME CLAUDIA BACHI,

Auteur des *Phalènes*.

Jura, 3 septembre 1853.

Noble amante des arts, fille de la lumière,
Laissez loin le fracas de l'immense cité.
Sous l'humble toit de la chaumière,
S'exhale le parfum de l'hospitalité.

Poëte, vous aimez les champs et la Nature,
Sous le dôme flottant des antiques forêts,
Vous en reproduirez la suave peinture,
Venez, et, dans nos antres frais,
Vous verrez que Lutèce, où tout n'est qu'imposture,
Ne laisse au fond du cœur pas ombre de regrets.

Voilà des vers... dont j'ai honte, je m'en dédommage
en lisant les vôtres. Que de vérités y prodigue votre
poésie!

A UNE JEUNE FILLE.

Borne tous tes désirs et tu vivras en paix...
Oui : sois bonne, crois-moi, la bonté chez la femme
Imprime à ses attraits un parfum de candeur,
Qui fait qu'en la voyant on sent Dieu dans son âme.

Et toute la dernière octave... et ces expressions :
« La bouche en fleurs..... Les cieux ensoleillés..... de
Rubens..... etc. »

J'AI REVU LE VIEUX TOIT.

J'ai revu le vieux toit, abri de mon enfance,
J'ai revu le réduit de mes jours d'innocence.

J'ai revu, j'ai pleuré... car de mes premiers ans
Soudain j'ai ressenti les chagrins dévorants...

J'ai revu ce grand puits à margelle rompue
Où tant de fois jadis je m'assis éperdue...
J'ai revu, j'ai pleuré, etc.

J'ai revu cette alcove où jadis mon vieux père,
Dans les bras du sommeil oubliait sa misère...
J'ai revu, j'ai pleuré, etc.

Il faudrait presque tout citer.

Mais, noble Muse, votre chef-d'œuvre n'est pas là :
c'est l'admiration que vous avez inspirée à notre jeune
ami Ed. Zoram. Vous l'avez rendu poëte. La preuve est
là : son poëme, dont vous êtes l'objet, est entre vos

mains : si je l'avais eu, j'en aurais détaché quelques
perles pour justifier ces éloges.

MADAME ADÈLE ESQUIROS,

Auteur d'un beau volume, vers et prose, intitulé :

LES AMOURS ÉTRANGES.

A ces mots, étonné : Quel titre ambitieux !
Voyons, me suis-je dit, comme on le justifie.
Il promet à la fois et l'enfer et les cieux, —
Et je doutais... le doute est ma philosophie.

Je les ai pris et lus.. lus ? non : mais dévorés.
    De notre souffrante nature,
Amère et tout ensemble admirable peinture !
Vous et moi, sur ce point, nous sommes rencontrés.
Car ces amours, si bien, par vous, nommés étranges,
Sont des amours profonds, sont des amours sacrés :
    Les amours des FOUS et des ANGES.

LE PAUVRE DEVANT DIEU

(Extrait des *Amours étranges*).

Quelle peinture amère, sanglante du riche ! Vous dites
à son enfant :

Va, poursuis ton chemin, petit être infernal,
Bois autant de bonheur que tu feras de mal !

Puis, vous tournant brusquement vers l'enfant pauvre :

Que viens-tu faire au monde ?... Ici, rien ne t'attend...
Chaque jour passerait en dégradant ton âme.
Tu n'es que malheureux, tu deviendrais infâme...
Va-t'en...

Il est, Madame, il est de vos maximes, de vos pensées
qui rafraîchissent le sang et sont un baume pour l'âme ;
celle-ci, par exemple : « Un poltron ne peut jamais être
un honnête homme : par crainte, il se fait bon avec les
méchants ; et, par contre-coup, il est méchant avec les
bons. » Qu'en dit la Rochefoucauld ?

Que de poésie même dans votre prose ! Voyez la fin
d'*Arielle* : « Je m'en retournai le soir au village. La lune,
à travers les branches, me jetait des regards désolés ; les
fontaines sanglotaient dans l'ombre, et toute la nature
me semblait une longue élégie. »

BLANCHE ET NATALI.

J'ai, c'est hier, et la chose est certaine,
Rare bonheur ! rencontré sur mes pas,
Deux jouvenceaux qui ne ressemblaient pas
Aux jouvenceaux dont parle la Fontaine.

Ils me faisaient le plus beau des présents :
« Oui, vous vivrez plus de quatre-vingts ans ! »

— Je ne sais pas, à mon tour leur disais-je,
Si j'irai bien à la prochaine neige :
Mais il est sûr que je regretterai
L'aimable monde où je vous laisserai.

━━◦◦◦◦━━

AU JEUNE ÉRIC H.

Je te croyais aux bords de l'antique Abnoba !...
Hélas ! m'étais-je dit, consumé d'amertume :
Il aura tenté l'urne... et le sort lui tomba...
Tu restes, grâce au Ciel !... Ami, reprends la plume.
Et par moments le jour et plus souvent la nuit,
    Sous l'humble toit de la chaumière,
Aux rayons d'une lampe... avare de lumière,
    Suivons notre tâche sans bruit...

A l'auguste beauté dont la voix fortifie,
Et qui, seule, en son vol, sait arrêter le temps ;
A la sagesse, ami, donnons quelques instants :
L'or vaut-il un souris de la Philosophie ?

━━◦◦◦◦━━

À GUSTAVE LALLIÉ,

DONT JE NE PUIS TROP LOUER L'EXTRÊME OBLIGEANCE.

Parmi tant d'amitiés qui meurent tous les jours,
D'une amitié nouvelle, en ce jour, point l'aurore,

13

Jeune homme, c'est par toi qui viens à mon secours.
        A ce noble élan qui t'honore,
Et dont je chérirai longtemps le souvenir,
        Comment veux-tu que je réponde?...
Tiens, reçois ces essais : et que, dans l'avenir,
Quand passera sur toi le souffle impur du monde,
Un doux penser t'éclaire et dans ton cœur féconde
        Cet élan qui te fait bénir.

Il a la bonté, le courage de lire et, bien plus, de faire
lire à d'autres mes paperasses, d'y faire des notes, des
remarques que, dans sa modestie, il me soumet, encore
qu'il me sabre sans pitié ; et, j'ose le dire, ces remarques
promettent un aristarque judicieux, distingué, s'il a le
courage d'être toujours vrai. J'en ai pour preuves, entre
autres, celles qu'il m'a faites sur une de mes pièces de
théâtre, intitulée *la Comédie*, satire de la comédie même,
en cinq actes : j'ai peu lu de critique aussi juste, aussi
gaie, aussi divertissante.

Ne croyez pas qu'il y ait chez moi complaisance, en-
gouement, et moins encore ivresse des éloges. Bien loin
de là : car la critique, dans la plupart des pièces qu'il a
examinées, conclut à la refonte entière ou tout crûment
au rejet, à la corbeille. Je ne l'en remercie pas moins,
ainsi que son aimable ami Fortuné Fouzès, dont on peut
dire aussi :

Sous un dehors de glace il cache un cœur de feu.

Là, de mes bons amis, ne se clôt pas le nombre.
        J'en puis citer d'autres encor,

De nobles âmes, des cœurs d'or,
Que le Jura superbe ombrage de son ombre !...

CERCUEILS ET BERCEAUX.

Au milieu des flambeaux de la tendre amitié
Que l'on voit chaque jour dans la mort se rejoindre,
    Objet d'une amère pitié !
Il en est bien aussi qu'on voit briller et poindre.
C'est l'image des fleurs aux bords de nos ruisseaux :
L'une se fane et meurt, une autre éclôt ou brille,
Et d'exemples pareils la nature fourmille,
    Tout n'est que cercueils et berceaux !

COURONNEMENT.

    C'est un trésor que l'amitié.
A l'enivrante ardeur de ses divines flammes
    Tout s'accroît au moins de moitié :
Acquérir un ami, c'est se donner deux âmes.

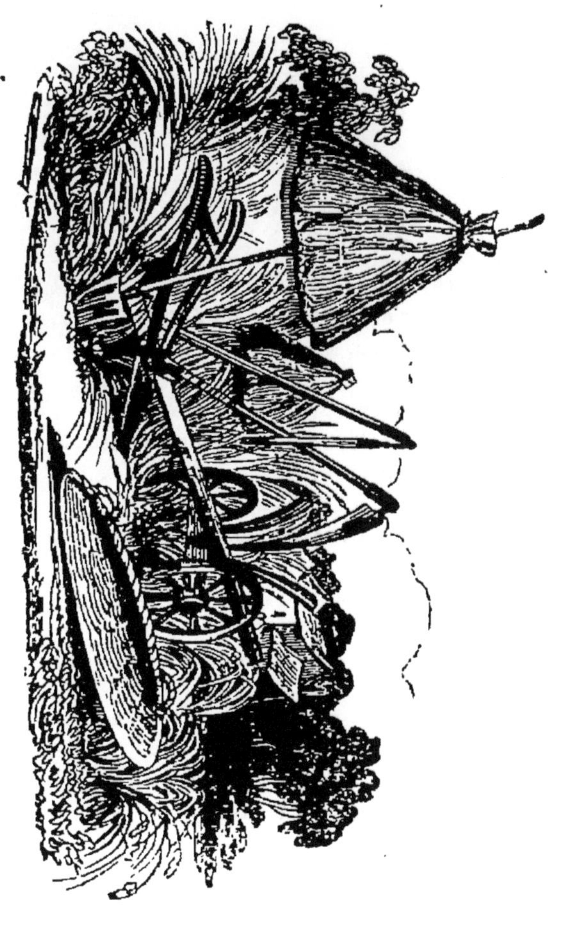

Paris. — Typ. Bondey-Dupré, rue Saint-Louis, 46, au Marais.

TABLE

FIN DE LA TABLE.

ERRATA.

—

Page   6, ligne 6, mettez à la fin une virgule.
 —   52,   — 25, mettez une virgule après *les esprits effrayés.*
 —   59,   — 11, effacez la virgule après *rénes.*
 — 102,   —   3, ôtez la virgule après *et le Dieu d'hyménée.*
 — 131,   — 13, lisez *cercueil* au lieu de *cercuei.*
 — 134,   —   7, lisez *Grève* au lieu de *grève.*

VARIANTE.

(Page 20, ligne 6.)

Trois *pesants* chariots ont traversé la plaine.

OUVRAGES DE L'AUTEUR.

POÉSIES.

Odes.
Le Vieux Barde.
La Nature, poëme en quatre chants.
Jeanne d'Arc, poëme en dix chants.
Nouveau Plan d'Éducation.
Hommage au Peuple.

SCIENCE.

L'Art d'étudier, vol. de 308 pages.
Théosophie.
Petit Cours d'Éloquence.

PHYSIOLOGIE - MORALE.

Les Fous et les Anges.
La Vie aux Champs, roman d'éducation.
L'Ermite du Jura.

HISTOIRE.

Révolutions de la Perse Ancienne et Moderne.

ROMANS.

La République, Histoire de la Famille Clairvent, 2 vol.
Les Vilains et les Contrebandiers, 2 vol.
Mélanges.
La Démocratie Salinoise, puis Jurassienne.
Chroniques de tous les pays et de tous les âges, 2 vol.

OUVRAGES DU MÊME, PRÊTS À PARAITRE.

Le Règne de Dieu, poëme.
Les Chants d'un Paria : A mes amis.
Contes, Mélodies, Légendes, 1 vol.
Fables, 1 vol.
Évelina ou la Guerre de l'Indépendance Américaine, 2 vol.

Paris. — Typ. Dondey-Dupré, rue Saint-Louis, 46, au Marais.

Paris. — Typ. de Mme Ve Dondey-Dupré, rue Saint-Louis, 46.

www.ingramcontent.com/pod-product-compliance
Ingram Content Group UK Ltd.
Pitfield, Milton Keynes, MK11 3LW, UK
UKHW021222140726
13695UKWH00002B/700